KLAUS LÖFFLER

Bulldog & Bossa Nova

ERZÄHLUNGEN AUS DER HEIMAT Bodensee-Region, 1965:
Fröhliche Traktorenklänge können täuschen. Immer mehr Bauern geraten
unter Druck, die Milchwirtschaft aufzugeben. Fleckviehzüchter Anton und
die anderen Bauern im Dorf halten dagegen. So schnell lassen sie sich nicht
unterkriegen. Sang- und klanglos zu weichen, ist jedenfalls nicht ihr Ding.
Ein Truthennen-Halter spielt mit seiner Combo und flotten Melodien zum
Tanz auf, während Anton mit seiner Tenorstimme dem traditionellen Gesangverein die Stange hält. Sein 12-jähriger Sohn hört indes lieber Bossa
Nova bei Radio Luxemburg. Die Geschichten sind Szenen des Abschieds
vom bäuerlichen Leben – und zugleich des Aufbruchs in eine neue Zeit.

Klaus Löffler ist auf einem Bauernhof (Rengetsweiler) im
Hügelland zwischen Bodensee und Donau geboren und auf-
gewachsen. Nach seinem Jurastudium mit Promotion in Frei-
burg folgten berufliche Tätigkeiten in Mexico City, Quito,
Straßburg, Brüssel und Berlin.

© Klaus Löffler

KLAUS LÖFFLER

Bulldog & Bossa Nova

Eine Jugend in der Bodenseeregion

Mit Illustrationen von Britta Schneider

GMEINER

Immer informiert

Spannung pur – mit unserem Newsletter informieren wir Sie
regelmäßig über Wissenswertes aus unserer Bücherwelt.

Gefällt mir!

Facebook: @Gmeiner.Verlag
Instagram: @gmeinerverlag

Besuchen Sie uns im Internet:
www.gmeiner-verlag.de

© 2024 – Gmeiner-Verlag GmbH
Im Ehnried 5, 88605 Meßkirch
Telefon 075 75 / 2095 - 0
info@gmeiner-verlag.de
Alle Rechte vorbehalten
1. Auflage 2024

Redaktion: Manuel Stöckler
Lektorat: Isabell Michelberger
Layout & Gestaltung: Veronika Buck
unter Verwendung der Fotos von: © Ben Goode, Klaus Löffler
Druck: CPI books GmbH, Leck
Printed in Germany
ISBN 978-3-7349-3136-9

INHALT

SEIN BESTES PFERD

Der bewölkte Maihimmel spannt sich heute wie ein geflecktes Kuhfell über unser Dorf. Es sieht nicht nach Regen aus. Das Frühjahr 1965 geht frei von Kapriolen auf den Sommer zu, obwohl es bei uns oben im Hügelland immer einen Kittel kälter ist als unten am Bodensee.

Am Brunnentrog vor dem Haus schwenke ich gerade eine Milchkanne aus, als mein Vater Anton auf dem Hof den alten Kramer »Allesschaffer« in Gang setzt. Der Chef, wie Anton im Ort genannt wird, füttert das robuste Rohölross, Baujahr 39, zuerst mit einem Zündhütchen, spendiert ihm einen halben Eimer Kühlwasser, spuckt in die frisch mit Melkfett eingeriebenen Hände und setzt die Kurbel an. Er dreht das Schwungrad bis zum Anschlag zurück, bevor er es ankurbelt und dem Motor den satten Tock-tock-tock-Ton entlockt, eine Art Erkennungsmelodie für den einsatzbereiten Kramer.

Heute geht's mit dem Bulldog, unser Wort für Traktor, ausnahmsweise nicht auf den Acker, sondern zum Autokauf.

Der Chef hat Wind davon bekommen, dass das Frauenkloster im Nachbardorf einen alten, aber gepflegten VW Käfer mit frischer TÜV-Plakette abstößt. Da will er schnell zugreifen.

Auf dem Weg zum Kloster deutet der Chef an, dass die Schwester Oberin den Verkauf des Gebrauchtwagens persönlich in die Hand nimmt. »Damit du gleich weißt, wo wir dran sind: Die lässt sich nichts billig abhandeln, *nix abfuggera*.«

Unter ihrer resoluten Regie wird im Frauenkloster mit angeschlossenem Internat für höhere Töchter gelernt, gebetet und gearbeitet. Mit den zehn Geboten, den vier Grundrechenarten und etwas handwerklichem Geschick kommt man dort ziemlich weit.

»Lass dich von der schlichten Tracht einer Ordensschwester nicht täuschen«, rät der Chef. »Darunter verbirgt sich eine russische Prinzessin aus großfürstlichem Haus.«

Als junges Mädchen ist es ihr unter abenteuerlichen Umständen gelungen, den revolutionären Umtrieben der Bolschewisten zu entrinnen. Auf ihre alten Tage steht sie im Ruf einer Ordens- und Geschäftsfrau, die es faustdick hinter den Ohren hat und genau weiß, was sie will.

Minuten später umkreist der Chef mit TÜV-Prüfermiene den zwischen Kloster und Weiher abgestellten

VW Käfer, ein taubenblaues Modell »Export« mit ver-
chromten Zierstreifen.

»Damit wir uns gleich richtig verstehen«, sagt die
Prinzessin mit russischem Akzent, »Rabatt können
Sie hier nicht raushandeln. Das kommt bei mir nicht
infrage.« Und mit spöttischem Unterton fügt sie hinzu:
»Wir sind hier auf dem Klosterhof, nicht auf dem Vieh-
markt.« Ohne eine Antwort abzuwarten, fährt sie fort:
»Ich schätze die Bauern und Handwerker, aber ich
kenne sie auch.«

Ich weiß das: Mit der Stiefelspitze klopfen sie an die
Reifen und meckern über angebliche Mängel. Oha, die
Lenkung ist ausgeleiert. Womöglich der Achsschenkel-
bolzen gebrochen. Oder sie tauchen den Zeigefinger
in das kleinste Tröpfchen Öl – ein scheinbar untrüg-
liches Zeichen für Ölverlust, undichten Zylinderkopf
und Kolbenfresser.

»Das übliche Nörgeln beim Gebrauchtwagenkauf
können Sie sich sparen«, verkündet die Oberin. »Nichts
als Bauerntheater, um einen Preisnachlass rauszuschin-
den. Aber, wem sag ich das!«

Das auffälligste Merkmal der Russen-Prinzessin sind
ihre runden, direkt unterhalb der Haube sitzenden
Habichtaugen, denen nichts entgeht. Diesen Habichtaugen verdankt die Klosterschule ihren Wohlstand. Minis-
ter, Adlige, Fabrikanten, gehobene Kreise – *bessere Leit,*
wie man bei uns sagt – lassen sich das scharfe Auge der
Oberin etwas kosten. Denn es wacht über die strikte
Trennung zwischen den höheren Töchtern drinnen und
den ungehobelten Bauernburschen draußen.

Erst jetzt ruhen die Habichtaugen auf Anton, um
zu sehen, wie er reagiert. Bringt der Milchbauer und

Viehzüchter überhaupt das nötige Kleingeld auf, um die Karre zu bezahlen?

Gute Frage. Bei den Bauern scheißt der Teufel das Geld nicht auf einen großen Haufen. Alle müssen es mühsam zusammenkratzen.

Der Chef legt alles auf die hohe Kante, was vom Milchgeld übrig ist, verstaut nach und nach (in unserer Sprache: *nanderno*) große und kleine Scheine in der Schublade seines Nachttisches neben dem Bett und beschwert den langsam anwachsenden Geldstapel mit einer Tokarew, einer Pistole aus dem Zweiten Weltkrieg mit Sowjetstern auf dem schwarzen Griff.

Lange hat der Chef gezögert, den unter der Russen-Knarre gehorteten Schatz gegen einen fahrbaren Untersatz einzutauschen. Aber heute macht er Nägel mit Köpfen.

Auf die Frage nach dem Bargeld nickt er wortlos und nestelt das abgezählte Geldbündel aus dem *Kittelsack,* aus der Tasche seiner blauen Wolljacke mit den Hirschhornknöpfen.

Jeder Schein wird einzeln beäugt und nachgezählt. Anton verzichtet auf eine Probefahrt und macht lieber gleich den Sack zu.

Beim Kauf unter Bauern wäre er vorsichtiger: zurückgedrehter Kilometerstand, verheimlichter Kolbenfresser, verkappter Getriebeschaden infolge ruppigen Fahrens, alles dabei. Dagegen sind bei einem Wagen aus zweiter Hand Ordensfrauen mit sanftem Gemüt und entsprechendem Fahrstil einfach die idealen Vorbesitzerinnen. Die Schlüssel wechseln den Besitzer. Und das von der Prinzessin befürchtete Bauerntheater fällt aus.

Auf dem Heimweg fährt der Chef voraus. Ich übernehme zum ersten Mal den Bulldog. Immerhin bin ich schon zwölf. Höchste Zeit, unter die Schlepperfahrer zu gehen. Der Chef hält mich ohnehin für einen Spätzünder. Der Kopf ist willig, aber die Beine sind kurz. Mit den Zehenspitzen komme ich gerade so an Kupplung und Bremse. Bald nehme ich Fahrt auf und streife meine Unsicherheit ab. Der beschwingte Takt des immer schnelleren Tock-tock-tock löst in meinem Kopf ein befreiendes Gefühl aus. Beim Traktorfahren streife ich die Zügel ab. Bei 16 km/h Höchstgeschwindigkeit geht mir, fast schon im Temporausch, ein Cowboy-Gassenhauer durch den Kopf:

Sein bestes Pferd braucht keine Zügel,
es läuft auch so nach Idaho.

Später an diesem Nachmittag steigt der Chef mit dem Sparbuch in der Hand aus dem Klosterkäfer aus und geht auf die Kasse in Meßkirch. Ich schneie hinter ihm drein in den Schalterraum. Er braucht etwas frisches Bargeld, um zu tanken.

Mit vollem Tank will er danach eine erste Runde drehen. Runter nach Überlingen, um zu sehen, ob die kalte Sophie heuer die Obstbauern am Bodensee wieder mal aus ihren Blütenträumen gerissen hat.

Dem frisch gebackenen Autobesitzer wird beim Betreten der Bank eine schlecht gelaunte Miene, eine *Zenna*, hingehängt. Mehr als ein frostiges »Grüß Gott« ist nicht drin. Ich dachte, die Eisheiligen sind schon vorbei. Aber nein, hier in der Kasse sitzen sie noch. Der D-Mark-Bonifaz hinter dem Schalter macht ein *See-*

gfrörne-Gesicht beim Aushändigen von 50 Mark, aufgeteilt in einen blauen Zehner mit einem Segelschiff und in zwei grüne Zwanziger mit einer Geige als Motiv auf der Rückseite.

Unterdessen entdecke ich im Schalterraum ein Werbeplakat mit dem Spruch: »Landwirtschaft hat Zukunft – mit uns.« Illustriert ist dieses Versprechen mit einem Bäumchen, an dem statt Äpfel oder Birnen Fünfmarkstücke reifen.

Der Chef hat keine Augen für die schöne Geige auf dem Geldschein, er hat nur das Tanken im Sinn. Und das Plakat vom Geld, das auf Bäumen wächst, verstärkt eher sein Misstrauen gegenüber Leuten, die sich als Unterstützer der Landwirte ausgeben und doch als *Buckelgräzer*, im Huckepack auf dem Rücken der Bauern, ihre Geschäfte machen.

»Hä«, frage ich noch unter der Tür, »warum benehmen die sich so sperrig und *tond eckig*?«

»Wahrscheinlich ärgern sie sich, weil ich für die als Mikado-Kunde gelte. Ein Autokauf, aber keine Bewegung auf dem Konto.«

Klar. Der Chef hat ja keinen Pfennig Kredit aufgenommen. Nur wenn sich etwas bewegt oder die Finanzierung wackelt, dann zweigt die Bank Gewinn ab.

»Da wird was abgezweigt«, denke ich laut. »Aha, die Zweigstelle …«

»… macht den großen Schnitt mit Wackelkandidaten. Das sind die Bauern, die es nicht schaffen, ihre Kredite rechtzeitig abzustottern.«

Die haben sie echt am Wickel, wie mir scheint. Manchmal wird ihnen der Hof *abgfuggeret* und unter Wert zwangsverkauft.

Der Chef, das müssten die Eisheiligen in der Zweigstelle inzwischen wissen, traut ihnen nicht über den Weg. Deshalb nimmt er kein Geld auf. Um keinen Preis. *It ums Verrecka* setzt er seine Unterschrift unter einen Kreditvertrag oder irgendein Papier mit einem Rattenschwanz an Risiken und Zahlungspflichten. Selbst wenn er damit der letzte Bauer im Dorf wäre, der mit dem Bindemäher über den Acker hoppelt und von Hand Garben aufstellt, anstatt einfach den Ottel mit seinem dicken Mähdrescher zu bestellen. Der runde Anton zeigt sich von seiner eckigen Seite.

Das Eckige hat mit einem hundert Jahre alten Vorfall zu tun. Eine alte Geschichte, über die längst Gras gewachsen ist. Sie wird in unserem Dorf erzählt, als wäre sie erst gestern passiert. Vielleicht, weil sie die Leute in den Bauernhäusern, die *Baueraleit,* damals heftig erschüttert hat. Oder weil sie als zeitlose Warnung zu verstehen ist.

Der Lambert war ein tüchtiger Mann und der reichste Bauer im Dorf. Er wohnte in einem herrschaftlichen Haus in der Ortsmitte. Ihm gehörte auch das Gasthaus *Zum Goldenen Hirschen.* Der Hirschen hat die Hausnummer 1, die Anfänge reichen 700 Jahre zurück. Lamberts Ruf als Hufschmied reichte weit über das Dorf hinaus. Sogar der Fürst von Sigmaringen ließ von ihm seine Pferde beschlagen. Zum Wirtshaus ließen sich Leute aus der Stadt herkutschieren. Als Bierbrauer war er so erfolgreich, dass er in den Steinbruch am Ortsrand einen Bierkeller für mehrere tausend Maß meißeln ließ. Ein Bauer und Allesschaffer, wie er im Buch steht. Auf dem Höhepunkt seiner Schaffenskraft traf ihn mit 35 Jahren der Schlag, und er fiel tot um.

Und auf einen Schlag standen seine drei Töchter Cäcilia, Katharina und Franziska, allesamt noch Schulkinder, als Halbwaisen da. Den Mädchen mit den Rufnamen Cilli, Kätter und Fanni wurde ein Vormund vor die Nase gesetzt. Weshalb die Mutter des traurigen Trios übergangen wurde, bleibt im Dunkeln. Der Vormund stellte sich leider als Bruder Leichtfuß heraus, der leichtsinnig eine Bürgschaft unterzeichnete. Mit Haus und Vermögen der drei Mädchen als Unterpfand. Dann kam, was kommen musste. Der Kumpel, für den der Vormund bürgte, ging mit krummen Geschäften den Bach hinunter. Die Bank griff ohne Skrupel auf die Bürgschaft zu – und die drei Töchter des reichsten Mannes im Ort waren um Haus, Hof und ihr stattliches Erbe geprellt. Am schlimmsten war, dass sie *aushausa* mussten. Das heißt, man setzte sie von einem Tag auf den anderen vor die Tür ihres Bauernhauses. Die drei kleinen Unglücksraben wurden aus dem Nest gestoßen. Mit einem traurigen Rest an christlicher Barmherzigkeit überließ man ihnen und der Mutter den Platz in dem zum Anwesen gehörenden *Speicher*, einem bescheidenen Altenteilerhäuschen.

Seit diesem Vorfall haben die Bauern in unserem Dorf keine Angst mehr vor Blitz, Hagel und Ungewitter, sondern nur noch Angst vor dem Aushausen. *Aushausa* – ein Unglücksrabenwort in der Sprache unseres Dorfs. Je mehr einer an Haus und Hof hängt, desto bedrohlicher erscheint ihm das Gespenst des Aushausens. Anton glaubt nicht an Gespenster – bis auf diese Ausnahme.

Deshalb macht der Chef um Geldhäuser möglichst einen Bogen und zögert größere Anschaffungen hinaus, während ihm kleinere Besorgungen leicht von der Hand gehen.

Für den alltäglichen Bedarf gibt's zum Glück den Gitschier aus Engelswies. Wofür andere einen Lieferwagen brauchen, reicht dem Stapelkünstler ein Ford Taunus 17M, eine Badewanne mit Kofferraum. Wenn die Wanne voll ist mit Pflugscharen, Drahtkörben (bei uns: *Zoina*), Gabeln, Besen, Wetzsteinen, Melkeimern und Fleischwölfen für die Hausschlachtung, dann sorgt der Dachständer für Luft nach oben, wo sperrige Schubkarren oder lange Heugabeln ihren Platz finden.

Dem Gitschier reichen für das Verkaufsgespräch drei Wörter. Mit seiner tiefen, tonlosen Stimme fragt er: »Braucht ihr was?«

Letzte Woche ist eine Mistgabel abgebrochen. Als kurz darauf der Ford 17M auf den Hof einbog, ruft Anton: »Gitschier, Euch schickt der Himmel!«

»So hoch würde ich nicht hinausgehen«, widersprach der Götterbote aus Engelswies und fischte in der Badewanne nach dem gewünschten Utensil. »Aber immerhin eine Mistgabel direkt von der Wiese der Engel.«

Anton bezahlt mit Münzen, die er an den vergangenen Sonntagen vorsichtshalber vom Klingelbeutel verschont hat.

Der Chef hat ein etwas unterkühltes Verhältnis zum Geld. Ein Gefühl, das nach meinem Eindruck auf Gegenseitigkeit beruht. Nur an einem Ort geht er Mark und Pfennig freudig entgegen: auf dem Zuchtviehmarkt in Ulm.

Eine Woche nach dem Autokauf fällt bei der Versteigerung der Hammer spät, und er erzielt mit einer trächtigen Kalbin (sprich: *Kalberna*), gedeckt vom *großen*

Häge, unserem Fleckvieh-Zuchtbullen, einen unerwartet hohen Preis. Vor lauter Freude bringt der glückliche Züchter einen Kasten Goldochsen-Bier heim. Den gibt er nach der Probe des Gesangvereins aus. »Eines können wir Bauern, *mir Bauera*, von den Ulmern lernen«, sagt Anton mit erhobenem Glas in die Runde. »Die wissen, wie man einen Ochsen vergoldet.«

KANN DENN LIEBE SÜNDE SEIN?

Bautz, Deutz, Eicher. So heißen die Propheten einer leichten Zeit auf dem Land. Fahr, Fendt, Hanomag. Jeder Name ein Trompetenstoß gegen Rückständigkeit und Knochenarbeit. Kramer, Lanz, Porsche. Ein neuer Klang über den Feldern. Was nicht mithalten kann, hinterstellig oder gar unmotorisiert ist, wird sang- und klanglos untergehen! Kein Hahn wird danach krähen.

Ohne Krokodilstränen in den Augen der Bauern haben Knechte und Mägde auf Nimmerwiedersehen ihr Ränzlein geschnürt. Alle weg, alle verduftet, alle aufgelöst wie Zuckerwürfel im Kaffee. Nur eine hält sich. Ich kenne sie unter ihrem Übernamen »Trut-hennen-Magd«.

Ich sitze auf einem Spaltklotz, lasse die Beine baumeln und gucke der Magd beim Füttern der Schnabelwesen zu, denen sie ihren Übernamen verdankt. Mit ihren zerknitterten Hautlappen unter den Schnäbeln stolzieren die Truthühner im Freigehege herum wie Halbstarke mit schlampig gebügelten Schlipsen vor dem Tanzlokal. Die gefräßigen Vögel stimmen piepsend und glucksend einen Freudenkanon an, sobald sich ihre Wirtin mit dem Futtereimer in der Hand dem Gehege nähert. Das Haberfutter, gestreckt mit Klee und Kleie, pickt der gierige Haufen nicht anstandslos auf, sondern liefert zwischendurch, *drundetnei,* ein Schauspiel mit komischen Verrenkungen, allerlei Schabernack und spitzen Schnabelhieben gegen Futterneider. Dabei verändern sie ihre Farbe, eine Laune der Natur. Kopf und Kragen laufen rot und blau an. Sie treten auf wie tanzende Indianer mit Federschmuck und Kriegsbemalung.

Beim Betrachten der Spaßvögel löst sich die Anstrengung aus dem Gesicht der alten Magd. Und die ernst dreinschauende Alte, die man werktags immer nur in einer mausgrauen Kittelschürze sieht, verwandelt sich für einen schönen Augenblick in eine heitere Kichererbse, in ein fröhliches *Kitterfiedla.*

Dabei lockert sich ihr ausgebleichtes Kopftuch, unter dem ein Büschel grauer Strähnen zum Vorschein kommt.

Ich sehe, wie sie aus einem nahezu zahnlosen Mund kichert, in dem zwei bernsteinfarbene Beißerchen im Unterkiefer das letzte Aufgebot stellen. Ihr Leben ist praktisch eine dauernde Aufforderung, die Zähne zusammenzubeißen. Wie aber geht es weiter, wenn alle bis auf einen kläglichen Rest ausgefallen sind?

Den Luxus eines künstlichen Gebisses kann sich die Magd nicht leisten. Kukident kennt sie wohl nur vom Hörensagen. Suppen und Rühreier lassen sich notfalls schlürfen statt kauen.

Für ein halbes Dutzend Truthennen wird sich die Fütterung gleich als Henkersmahlzeit herausstellen. Schwant den tanzenden Indianern, dass der Bauer bereits das Kriegsbeil ausgegraben hat? Wenn ja, steckt in ihrem Fressverhalten ein Körnchen Galgenhumor. Ich trau's ihnen zu.

Auf einmal steht die Magd neben mir und fuchtelt mit einem Beilchen, bei uns *Schnäker* genannt, unter meiner Nase: »Weg da! Der Spaltklotz wird zum Schaffen gebraucht, nicht zum Faulenzen und *Maulaffa feulhalta.*«

Es fällt ihr schwer, durch die Zahnlücke zu sprechen. Anstelle ganzer Sätze schleudert sie nur einzelne Wörter raus wie ein Kartoffelroder die Knollen: »*Mexa, mexa, Truthenna mexa.*«

Alles klar. Im Auftrag des Bauern muss sie heute einige Vögel *mexa*, also schlachten, rupfen, ausnehmen und bratfertig herrichten.

Den ersten hat sie am Schlafittchen gepackt, legt ihn mit der linken Hand auf den Spaltklotz, bekreuzigt sich schnell mit dem Beilchen in der rechten Hand, streicht mit der stumpfen Seite des *Schnäkers* halb zärtlich, halb heimtückisch über Nacken und Rücken des Opfers und macht es im Handumdrehen mit einem präzisen Hieb einen Kopf kürzer. Minuten später kündet ein Kreis blutiger Truthennenköpfe um den Spaltklotz herum von der Pflichterfüllung der Magd.

»Übung macht den Meister«, ruft die Stimme ihres Herrn, der in diesem Moment mit dem Hofhund bei Fuß aus der Scheune kommt. Es ist ein belgischer Schäferhund mit pechschwarzen Ohren, der auf alles aufpasst. Er verschmäht die frisch am Boden liegenden Köpfe seiner Schützlinge.

»Mein Hund ist ein Belgier – der frisst nur Pralinen«, behauptet grinsend der Bauer, der bis hinunter an den Bodensee unter dem Spitznamen »Rüssel« bekannt ist. Es passt zu seinem schrägen Humor, dass er seinen eigenen Hof mit einer Flasche Sekt auf den Namen »Rüsselsheim« getauft hat. Zudem trägt er am gewöhnlichen Werktag einen schicken Bolero mit schwarzem Futterband. Mit dem lustig-luftigen Hütchen hat er sich den Ruf eines Paradiesvogels unter der grauen Bauernschar eingebrockt.

»Guck mal«, sagt er, »wie geschickt die Magd mit dem *Schnäker* hantiert.«

Dann holt er etwas weiter aus. »Achte mal drauf, womit die Weiber am liebsten hantieren. Die Waffen einer Frau sind in den Städten unten am See völlig andere als hier oben bei uns im Dorf.«

»Hä?«

»In Konstanz und Überlingen sind die Frauen jederzeit mit drei Dingen ausgerüstet: 4711 Kölnisch Wasser, Lippenstift und Nagellack. Schönheit zählt.« Dann beschreibt er mit dem Zeigefinger einen Bogen Richtung Magd: »Bei uns beherrschen sie dagegen bis ins höchste Alter den Umgang mit Axt, Spaltklotz und *Schnäker*. Arbeit zählt.«

»Aha.« Ich schwanke, ob er das im Witz oder im Ernst sagt. »Und mit welchen Waffen kommen Frauen weiter?«

»Unsere sind da klar im Vorteil. Für junge Mädle ist das Holzspalten ein bewährtes Hausmittel gegen Liebeskummer. Für alte Weiber ist es das geheime Elixier für ein langes Leben. Kein Jahrmarkt-Jux wie anderswo, *oima andescht,* die Altweibermühle.«

Um die letzten Zweifel auszuräumen, die er meiner Fragezeichenmiene entnimmt, fährt er fort: »Holzspalten hält wirklich jung. Nach einer halben Stunde vergessen die Landfrauen, unsere *Baueraweiber,* all ihre Zipperlein, nach einer ganzen Stunde das Leben mit all seinen Nöten. Den *Schnäker* legen sie zuletzt aus der Hand. Damit machen sie noch Anfeuerholz, *Spächtele,* bis kurz vor der Letzten Ölung.«

Dazu sage ich lieber nichts. Ich bin erst zwölf. Meinetwegen braucht vorerst kein Mädchen Holz zu spalten.

Mittlerweile ist die Magd beim *Mexa* vom Grob- zum Feinschlächtigen übergegangen. Mit ihren kopflosen Schützlingen hat sie noch ein Hühnchen zu rupfen, bevor sie sich einen frischen Schurz anzieht und auf den Weg macht zur Maiandacht mit anschließender Beichtgelegenheit.

Bei der Geflügelhaltung ziehen Bauer und Magd an einem Strang, aber am Beichten und den heiligen Sakramenten scheiden sich die Geister. Während die Magd ihrem Kinderglauben folgt und nachbetet, was im Magnificat unserer Freiburger Erzdiözese steht, geht der Bauer seinem eigenen Rüssel nach. »Religion ist wie Champagner bei der Flaschengärung«, lautet einer seiner Aussprüche. »Nur wenn man kräftig daran rüttelt, kann die Sache reifen.« Den Beichtstuhl hält er jedenfalls für das überflüssigste Möbelstück in der Kirche. Statt dort zerknirscht als armes Sünderlein seine Fehltritte zu bekennen, begibt er sich lieber gut gelaunt in den Goldenen Hirschen, wo man sich mit einem frisch gezapften Zoller-Maibock oder einem Viertele Seewein den Freispruch von den Sünden gegenseitig zuprostet.

Wenn der Bauer einen Bogen um den Beichtstuhl macht, denkt die Magd in ihrer eigenen Logik, dann springe ich für ihn ein. Das geht in einem Aufwasch mit meinen eigenen Sünden. Also beichtet sie für zwei. Für sich und ihren Bauern gleich mit, damit der Teufel am Ende leer ausgeht.

Die Kirchenbänke haben bei uns Ohren. Und die sind besonders gespitzt, wenn es um den Rüssel geht. Beichtgeheimnis? Ach was! Ein Maulkorb für den Pfarrer, nicht für die Gemeinde. Hinzu kommt, dass die Truthennen-Magd *dollohrig*, also schwerhörig ist und darüber das Flüstern verlernt hat. Hinter der mächtigen Thujahecke, die unseren Bauernhof wie eine Burgmauer einfriedet, ist heute die Maisonne noch nicht verglüht, da ist im Dorf schon in groben Zügen das jüngste Sündenregister durchgesickert. Es ist wie mit einem *Schnäker* dem Rüssel ins Kerbholz geritzt. Gott vergibt – die Lästermäuler eher nicht.

Mein Gott, was hat der Rüssel denn auf dem Kerbholz? Die Magd schleudert mit ihrer Kartoffelroderstimme verständliche und unverständliche Laute durch ihre Zahnlücken. Nach außen dringen keine ganzen Sätze, nur Wortfetzen.

Bauer *allaf*äzig, boshaft: Kein Platz am Tisch für Magd. Bauer Herrentisch, Magd Katzentisch. Er *hanna*, hüben. Ich *danna*, drüben. Muss allein auf Holzkiste essen. Allein. Zum Heulen, *'s ischt zum Blära*.

Bauer *hoffärtig*, hochnäsig: neuer Porsche, roter Porsche, schöner Porsche. Bauer fährt umher, *umanand*, wie aufgeblasener Gockel. Bauer fährt Porsche – alle mal hergucken!

Bauer *duranand*, verwirrt im Kopf: Herrgottswinkel rausgerissen. Heiland ins *Kachelloch*, auf Schutthalde, geworfen. Bauer vom Glauben abgefallen. Großes Durcheinander im Haus. *Elendigs Duranand, Herr Pfarr.* Teufel hat Finger im Spiel.

Das ist natürlich ein gefundenes Fressen für Lästermäuler, die schon länger vermuten, dass in »Rüsselsheim« nicht alles mit rechten Dingen zugeht. Für die Zubereitung in der Gerüchteküche ist es ideal, wenn nicht alle Tatsachen auf dem Tisch liegen, nur Bruchstücke und Wortfetzen. So lassen sich die Lücken umso ungenierter mit Verdrehungen, Vermutungen und Unterstellungen füllen. Erst die richtige Füllung bringt die Leute auf den Geschmack. Das gilt für nackte Tatsachen genauso wie für ausgenommene Truthennen.

Es sieht also nicht gut aus für den Rüssel. Wenn seine empfindlichen Kundinnen unten am Bodensee, die selbst auf dem Wochenmarkt bewaffnet mit 4711, Lippenstift und Nagellack erscheinen, erst mal Wind davon kriegen, dass er die Truthennen-Magd angeblich wie eine Aussätzige behandelt, dann ist der Wurm drin in seinem Geschäft. Dann kann er sein körnergefüttertes Freiland-Geflügel selber fressen.

Auch die Anschuldigung, vom wahren Glauben abzufallen, hat es in sich. Mit Stolz blicken die Konstanzer auf eine 550 Jahre alte Tradition zurück, erzählte der Rüssel bei anderer Gelegenheit, in solchen Fällen keine Truthähne, sondern Ketzer zu grillen. Notfalls bei lebendigem Leib.

So weit wollen es seine besten Kumpels nicht kommen lassen.

»Wir lassen den Rüssel nicht im Regen stehen«, sagt Anton, bevor er aus dem Haus geht. »Wir pauken ihn raus.« Derart entschlossen erlebe ich ihn selten. Der Chef macht seinem Übernamen ausnahmsweise Ehre und trommelt spontan eine Handvoll Milchbauern zusammen. Zu später Stunde trifft man sich im Goldenen Hirschen, um zu verhindern, dass dem Rüssel am Zeug geflickt wird.

Ich bin nicht dabei, obwohl ich im Hirschen gern Mäuschen gespielt hätte. Aber hinterher, *hindadrei*, bringt mich der Chef auf den Stand der Dinge, auch wenn ich ihm dafür die Würmer einzeln aus der Nase ziehen muss.

Ohne die üblichen Sticheleien und schadenfrohes Kichern geht im Dorfwirtshaus nichts über die Bühne. Aber heute Abend läuft alles wie am Schnürchen. Die Runde trifft sich ohne den angeschwärzten Rüssel. Verhandelt wird sozusagen in Abwesenheit des Angeklagten.

»Wir sollten schnell einen Deckel draufmachen«, eröffnet der Chef den anderen. Er will verhindern, dass es in der Gerüchteküche dampft und brodelt.

Schon nach zwei Glas Bier einigt sich die Runde auf folgende Version:

Unser Dorf soll schöner und moderner werden. Da will auch der Rüssel nicht untätig bleiben und sein Bauernhaus *nanderno herrichta*, also behutsam auf den neuen Stand der Technik und des Komforts bringen.

Angefangen hat er mit der Küche. Warmes Wasser, bisher von der Magd laufend am Herd erhitzt, kommt jetzt aus dem Hahn. Im selben Aufwasch hat er die Tischordnung ein wenig verändert. Die Magd, die bislang mit am Küchentisch saß, nimmt jetzt die Mahlzeiten auf der Brennholzkiste ein. Der Teller findet auf einem umgestülpten Weinfässchen Platz. Wird sie etwa vom bösen Bauern wie eine Aussätzige behandelt? Überhaupt nicht. Was im ersten Moment aussieht wie ein Verweis an den Katzentisch, ist auf den zweiten Blick der Ausweg aus einer unappetitlichen Angelegenheit. Die zahnlose Magd ist zum Kauen außerstande. Also *schnatzlet* und *sirflet*, schmatzt und schlürft sie, was das Zeug hält. Bisweilen muss sie *kopen*, rülpsen. Oder hat den *Gluckser*, kämpft mit dem Schluckauf. Ständig, *all Furz*, ein anderes Problem. Tischmanieren unter aller Sau. Zuerst hat's der Rüssel mit Humor versucht. Musste sie rülpsen, sprich *kopen*, sagte er: »Hier ist Rüsselsheim. Ist dort Kopenhagen?« Nervte sie mit dem Schluckauf, funkte er rüber: »Hier ist Rüsselsheim. Upps, upps, Uppsala – bitte kommen!« Und beim kleinsten Furz scherzte er: »Verstanden, bei euch in Darmstadt herrscht Windstärke 7.«

Vergebliche Liebesmüh. Am Ende hilft nur Abstand. Ein Nebentisch musste her.

Da gibt's nix zu stänkern gegen einen Bauern, der nicht wütend ausrastet, sondern im richtigen Moment eine praktische Lösung findet. Was hätten andere an seiner Stelle getan? Die hätten bestimmt die Gelegenheit beim Schopf gepackt und die Magd, mit der in letzter Zeit nicht mehr viel los ist, ohne mit der Wimper zu zucken ins Altersheim abgeschoben. Ohne Rücksicht darauf, ob sie an den Truthennen mehr hängt als andersrum.

Damit wäre in der Gerüchteküche die erste Pfanne schon mal vom Herd genommen. Anlass genug, sich einen Schluck Zoller-Bier zu genehmigen und auf das Wohl des beichtgeschädigten Kumpels zu trinken.

Beim Reizwort »Porsche« bricht die Runde in wieherndes Gelächter aus. Wahrscheinlich stellt sich der Pfarrer jetzt vor, dass die zu Lebzeiten glücklichen Truthennen auf dem Wochenmarkt so reißenden Absatz finden, dass sich der lebenslustige Lieferant einen 911er Luxus-Sportwagen leisten kann. Ja, der Rüssel fährt einen rotnasigen Porsche, seit fünf Jahren schon! Ein kleines, aber feines Schlepperle aus Friedrichshafen. Der Grashüpfer unter den Traktoren. Ein Junior Diesel 108 mit 20 km/h in der Spitze und bescheidenen 14 PS unter der elegant geschwungenen roten Nase. Nichts für Hochnäsige, PS-Protze und Angeber. Nichts wirkt aufgeblasen, von den Reifen einmal abgesehen. Wer so ein filigranes Fahrzeug anschafft, legt mehr Wert auf Schönheit als auf Arbeitskraft. Der Rüssel ist so begeistert von diesem Schlepperle, so hingerissen von den technischen Feinheiten, dass er das Schöne über das Nützliche stellt. Mehr Liebhaberstück als Ackergerät. Zugegeben, das käme keinem anderen Bauern in den Sinn. Aber eine Sünde ist die Begeisterung für diesen Wald- und Wiesen-Porsche deswegen noch lange nicht. Man muss den Neidhammeln mit dem *Schnäker* eins zwischen die Hörner geben und ihnen entgegenhalten: »Kann denn Liebe Sünde sein?«

Wer wollte schon der unwiderstehlichen Zarah Leander widersprechen? Anton kennt ihre Lieder, er kennt ihre tiefe Altstimme, hört im rollenden R ihren Groll gegen das Spießertum. Manche Bauern können auf dem Traktor »einfach alles vergessen vor Glück«. In der Musikbox im Hirschen gibt's eine Schallplatte von der Sängerin aus Schweden, aber heute ist keiner da, der Münzen einwirft.

In »Rüsselsheim« wird weiter hergerichtet und eingerichtet. Der Rüssel hat kräftig ausgemistet, trennt sich nach und nach – *nanderno* – von altem Zeug und richtet sich nach seinem eigenen Geschmack ein. Zuletzt kam das Wohnzimmer, die Stube an die Reihe. Neuer Blickfang ist ein umlaufendes Regal, bestückt mit einer Sammlung von Weinkrügen, Flaschen und Gläsern vom Bodensee. Römerkelche mit ins Glas geätzten Weinranken, mundgeblasene Weißweingläser aus Böhmen in verschiedenen Farben, Sektschalen mit geschliffenen Mustern, Probiergläschen aus dem Konstanzer Spitalkeller. Seine Vorliebe für Seewein kommt dort richtig zur Geltung.

Bei der Umgestaltung war der Herrgottswinkel, an den die Magd seit eh und je gewöhnt war, leider Gottes im Weg. Das Holzkreuz mit dem geschnitzten Heiland wanderte mit dem übrigen *Glump* und Bauschutt ins *Kachelloch*, wie die Schutthalde am Dorfrand hier genannt wird. Mitgegangen ins *Kachelloch* sind übrigens ein ausgestopfter Feldhase und ein alter Sauzuber, der bei Hausschlachtungen ausgedient hat. Kruzifix und Sauzuber – achtlos abtransportiert vom Porsche mit angehängtem Brückenwagen. Macht das den Rüssel zum Frevler? Taugt der entweihte Heiland im Abfall als Beweisstück für einen Abfall vom Glauben?

Da schütteln die erfahrenen Hirsche am Wirtshaustisch den Kopf. Die Entrümpelung mag der frommen Frau pietätlos vorgekommen sein, aber praktisch gibt's nichts zu beanstanden.

»Der Glaube an Gott hängt bestimmt nicht an den alten Spinnweben – *Spinnabeppa* – im Herrgottswinkel einer Bauernstube«, meint der Chef.

Wer abstaubt, durchlüftet und ausmistet, sündigt nicht. Das sollte der frömmsten Magd einleuchten.

»Auch der Kirche tät's nicht schaden«, regt der Hirschenwirt an, »wenn ab und zu mal einer mit dem Staubwedel durch die Ecken fegt, statt immer nur mit dem Weihwasserpinsel zu spritzen.«

»Ja-ja«, brummt einer in sein halb volles Glas, mehr trink- als bibelfest. »Da war Jesus zu seiner Zeit besser auf Zack. Statt Weihwasser ließ er den Leuten Wein zukommen.«

»Recht so!«, bekräftigt der Hirschenwirt und nimmt den Ball auf. »Hat nicht Jesus bei einer Dorfhochzeit irgendwo in Galiläa – der Name des Kaffs fällt mir gerade nicht ein – Wasser in Wein verwandelt? Ein Wunder aus Liebe zum Wein.« Der Wirt lacht und findet den richtigen Dreh. »Und beim Rüssel in der Stube? Weingläser vom Bodensee, wohin du blickst. Die wundersame Verwandlung von *Spinnabeppa* in Weingläser.«

Kein Zweifel, die Liebe zum Wein steht schon im Evangelium. Also haut der Chef nochmal in dieselbe Kerbe: »Kann denn Liebe Sünde sein?«

Und der Hirschenwirt macht weiter im Text: »Auch wenn sie es wär, so wär's mir egal.«

Damit wäre der Rüssel, von seiner Magd gewissermaßen überbeichtet, endgültig rausgepaukt. Die Absolution am Stammtisch ist erteilt.

Es darf wieder gefrotzelt werden. »Wir haben ihn leider bloß freigesprochen von den Sünden, die seine Magd gebeichtet hat«, stichelt einer. »Echte Freunde hätten ihn seliggesprochen.«

»Was wird eigentlich aus der Truthennen-Magd«, fragt ein anderer scheinheilig, »wenn ihr Bauer eines Tages den Rüssel voll hat von den unrentablen Körnerfressern und das schöne Freigehege dichtmacht?«

»Dann stellt er die Magd einfach in den Garten«, antwortet der Hirschenwirt mit feinem Spott. »Als Vogelscheuche gegen die Modernisierung.«

DER »RIVER KWAI«-MARSCH

Beim Rüssel steigt der Blutdruck, wenn der Milchpreis fällt. Es sind weder Arbeit noch Mühen, die ihm den Schweiß auf die Stirn treiben. Es sind die Machenschaften der »Verdrängungskünstler«, wie er meint. Das sind die Leute, die nach allen Regeln der Kunst die kleinen Bauern zu Gunsten der *Großkopfeta* verdrängen. Sie flunkern vom Wohlstand im ländlichen Raum, aber füttern aus dem großen Sack öffentlicher Gelder nur die Hektar-Elefanten mit ihren langen Rüsseln. Und *»mir kleine Hänsele«* mit den kurzen Rüsseln werden *bschissa* und zum Narren gehalten. Uns bleibt zum Sterben zu viel und zum Leben zu wenig. Am Ende vom Lied, so malt er den Teufel an die Stallwand, werden

31

die kleinen bäuerlichen Betriebe auf der Strecke bleiben wie die Feldhasen nach der Treibjagd.

Der Halter von sieben gefleckten Hochlandkühen, etlichen freilandliebenden Truthühnern, einem auf Schnapspralinen abgerichteten belgischen Schäferhund sowie einem knallroten Porsche-Schlepper mit 14 PS gehört indes nicht zu denen, die sich das Fell über die Ohren ziehen lassen. Bisher ist es ihm noch immer gelungen, die richtigen Haken zu schlagen. Der Rüssel gilt als Mann mit Pfiff. Pfiffig und schelmisch, wofür unsere Sprache das Wort *koizig* kennt, sagt er: »Um den Hof gegen den Zugriff der Verdrängungskünstler zu wappnen, muss der Landwirt heutzutage in erster Linie Überlebenskünstler sein.«

Die Grundregel für den Kampf ums Überleben kennen alle Milchbauern im Ort: Man braucht ein nahrhaftes Zubrot, ein einträgliches Nebeneinkommen, einen zweiten Zapfhahn, aus dem der Barthel den Most holt. Selbst wenn das Zubrot das Milchgeld übersteigt, bleibt man mit Haut und Haaren Bauer. Haus und Hof bestimmen das Lebensgefühl vollständig. Es gibt keinen Nebenherbauer.

Der Chef wird zu allen Hausschlachtungen gerufen. Sein zweiter Zapfhahn ist die Fleischbeschau. Für fünf Mark klemmt er ein Fitzelchen Muskelfleisch zwischen zwei Glasscheiben, linst durch ein Mikroskop auf der Suche nach Trichinen, stempelt die Sau amtlich ab und gibt das Fleisch zum Verzehr und Verwursten frei. Damit lassen sich keine großen Geldhaufen schaufeln. Aber die Leute stellen sich nicht bockig an, *tond it hindafier*, und zahlen anstandslos. Die Erleichterung über das parasitenfreie Schwein ist allen die verlangten fünf Mark wert. Hin und wieder bleibt Anton auch zum Kesselfleisch.

Ganz so (fleisch-)beschaulich hat es der Rüssel nicht getroffen. Nebenerwerb wäre zu wenig gesagt. Er hat sich einen Zweitberuf aufgehalst: Seewein-Lieferant. Mit seiner Hilfe erreichen die flüssigen Schätze aus der Konstanzer Spitalkellerei, dem Hagnauer Winzerverein und den Weingütern rund um Meersburg und Überlingen flaschen-, kisten- und fassweise das durstige Hinterland.

Anton balanciert gerade auf einem schmalen Brett hoch oben über der Tenne, um Dachschindeln nachzustecken und die Heuzange mit der Fettpresse zu schmieren, als ich draußen auf dem Hof ein quiekendes Hupen höre.

Schon schlüpft der Rüssel durch das Scheunentor und trompetet *vo unna nuff,* von unten nach oben: »*Sali,* Anton! Müller-Thurgau! Ein gutes Tröpfle aus Hagnau, wie bestellt.«

»Danke«, schallt es *vo oba rab,* von oben runter. »Und wie laufen deine Geschäfte?«

»Schleppend, richtig schleppend.«

»Das liegt bei Getränkelieferungen ja wohl in der Natur der Sache.«

»Glaub mir«, hält der Rüssel dagegen, »der Weinhandel ist eine verflixte Kiste. Entweder spielt das Wetter verrückt oder die Kundschaft. Mein Geschäft ist wackliger als dein Brett da oben unterm Dach.«

Der Weinkenner stellt sich auf ein *Schwätzle* ein. Flink klettert er an der Leiter hoch auf den Heustock über dem Kuhstall und macht es sich auf einer gepressten und geschnürten *Strohbuschel* bequem. So viel Zeit muss sein, mir *nammet daweil.*

Anton jongliert weiter mit seinen Dachschindeln. Das Dach muss dicht sein, bevor der *Heibet* kommt und die Heuernte eingefahren wird. »Wo drückt denn der Schuh?«

»Immer mehr Leute leiden unter Geschmacksverirrung. Sie greifen nach dem billigsten Fusel. Abenteuerlich verschnitten. Mit Zuckerwasser gestreckt. Künstlich gefärbt. Auf süß und lieblich getrimmt. Macht nix, Hauptsache billig.«

»Sieht echt nicht gut aus. Der Seewein mit seiner guten Qualität könnte auf der Strecke bleiben …«

»… und die Winzer und Lieferanten gleich mit. Die Leute rennen scharenweise zum *Gaissmaier* in Meßkirch oder Pfullendorf. Dort gibt's roten Lambrusco in bauchigen Korbflaschen aus Italien. Oder weißen Katzenstriegel aus Breisach. Beides zum Spottpreis und mit Schädelbrumm-Garantie.«

»Wie ich sehe«, meint Anton trocken, »ist die Lage ernst, aber nicht hoffnungslos.«

»Hoffnungslos, aber nicht ernst«, kommt als Echo zurück. Schon ewig wird am Seewein von Auswärtigen herumgenörgelt: Zu sauer! Zu teuer! Zu wenig!«

Der Rüssel weiß, auf wen das dumme Geschwätz zurückgeht. Er hat den Ur-Nörgler ausfindig gemacht und die passende Anekdote auf Lager. Gehört hat er sie in einer alten, eichenholzvertäfelten Weinstube neben der Spitalkellerei.

Beim Konstanzer Konzil steckte die Kirche tief im Schlamassel. An der Spitze standen drei Päpste, die sich gegenseitig zum Teufel wünschten. Die Kirche hatte sich überpapstet und drohte auseinanderzufallen. Der Fisch – einst das Erkennungszeichen verfolgter Christen – hat von den drei Köpfen her gestunken. Unerwartet brachte der von allen geschätzte Seewein die Lösung. Die Würdenträger haben sich gegenseitig unter den Tisch gesoffen. Der Trinkfesteste, der sich bis zum Schluss halten konnte, wurde zur Belohnung auf den Stuhl Petri gesetzt.

Einem komischen Kauz hat das nicht gepasst. Ein Sänger aus Südtirol, auf einem Auge blind, aber mit einer *Gosch* für zwei, spuckte mit spöttischen Versen in unseren herrlichen Seewein. Der freche Kerl kam im Schlepptau des Herzogs von Tirol zum Konzil. Für den Bodenseewein hatte er nur beißenden Spott übrig. Er tat so, als würde ihm davon gleich die Galle überlaufen.

Der Wein ist so sauer, die Freud ist hin,
Ich muss bei jedem Schluck das Maul verziehn.
Er schenkt Freud und frohen Mut,
Wie es der Sack dem Esel tut.

Der singende Nörgler hat damals außerdem ein Gerücht in die Welt gesetzt, das bis auf den heutigen Tag in den Köpfen herumgeistert: Der See ist ein verdammt teures Pflaster. Vor allen Dingen Überlingen hat er als Paradies für Beutelschneider aufs Korn genommen.

Willst du das Geld aus deinem Beutel bringen,
dann wird dir das leicht gelingen.
Frag nur den Weg gen Überlingen.

Mit einer spitzen Bosheit schoss er dann den Vogel ab: »Denk ich an den Bodensee, tut mir gleich der Beutel weh.«

Mehr belustigt als verärgert gibt der Rüssel seinen Senf dazu. »Du kannst dir das sicher vorstellen, Anton. Bei meiner sparsamen schwäbischen Kundschaft löst der giftige Spruch noch 500 Jahre später Bauchkrämpfe und *Magagrimma* aus.«

Im Runterklettern vom Heustock merkt der Weinkenner, dass er sich den Mund fusselig geredet hat. Ein Viertele wär jetzt das Richtige. »Wir haben noch Zeit vor dem Melken. Zum Haldenhof ist es nur ein Katzensprung.«

Mit tiefen Schritten und rundem Buckel geht er voraus zu seinem Fahrzeug. Die breiten Schultern lässt er hängen. Das jahrelange Weinkistenschleppen ist nicht spurlos an ihm vorüber gegangen. Er muss etwas abgenommen haben. Die schwarzen Cordhosen aus Manchester-Stoff, bei uns *Manseschter-Hosa* genannt, hängen schlabbernd an den hirschledernen Hosenträgern.

Er ist mit einem kuriosen französischen Lieferwagen unterwegs. Ein mit hellgrauem Wellblech beplankter *Citroen*, der unter dem Spitznamen »Saurüssel« läuft. Die Bezeichnung ist irgendwie von der Karre zum Halter übergesprungen, sodass bei uns mit dem Übernamen »Rüssel« beide, Herr wie Gscherr, gemeint sind.

»Das ist ein Fahrzeug der Freundschaft«, erfahren der Chef und ich beim Einsteigen. »Und ein Fahrzeug der französischen Lebensart. Savoir vivre.«

Er war in französischer Kriegsgefangenschaft bei einem Winzer im Rhonetal, irgendwo bei Avignon, und hat dort etwas Französisch gelernt. Ab und zu streut er ein paar durch die Nase gesprochene Brocken in seinen schwäbischen Redefluss. Manchmal kommt eine Mischung raus. Statt »salut« wie die Franzosen, sagt er zur Begrüßung *sali* oder *sali mitanand*.

Eine halbe Stunde später sitzen wir hemdsärmelig in der Gartenwirtschaft am Haldenhof und blicken von oben über den See. Die Jacken konnten wir in der Karre lassen, denn in Seenähe ist es einen Kittel wärmer als daheim. Der Blick von den Hügeln hinab in die heitere Welt des Überlinger Sees ist unendlich schön.

Die meisten Bauern aus unserem Dorf bleiben am liebsten hier oben. Sie scheuen das hin und wieder nassforsche Auftreten des Gewässers in Ufernähe. Von der Fähre abgesehen, betreten sie erst recht nichts, was schwimmt und den Wellen ausgeliefert ist. Nicht ein Einziger unter den 50 Milchbauern denkt auch nur im Traum daran, außer dem Bulldog auch mal ein Boot zu steuern, denn es hat keinen Sinn, das Wasser zu pflügen. Geborene Seehasen sind sie nicht. Anton und der Rüssel sind da keine Ausnahmen. Zum Glück reicht ihnen der Fernblick auf den Mittagsee, denn schon mit dem *Sechseleita* der Kirchenglocken am frühen Abend werden sie von den Kühen pünktlich zum Melken erwartet.

»Das südliche Flair am Bodensee«, sagt Anton, »tut immer wieder gut.«

»Du fällst auch auf alles rein«, widerspricht der Rüssel. »Die Sache mit dem südlichen Flair in Überlingen ist nichts weiter als ein Werbetrick für den Fremdenverkehr. Seepropaganda.«

»Aber die Palmen, Kakteen und exotischen Pflanzen ...«

»... werden in Überlingen nach der kalten Sophie im Mai kübelweise rausgetragen und vor Allerheiligen wieder in die Gewächshäuser zurückgeschoben. Non, non, mon ami! Das hier ist nicht das leichte Leben am Mittelmeer, sondern bloß Kulissenschieberei. Freilufttheater. Die auswärtigen Gäste sollen sich in der Vorstellung sonnen: Überlingen-en-Provence oder Meersburg-sur-Mer am Ufer des Lac de Constance.«

»Aber auch sonst grünt und blüht es überall in der Stadt«, widerspricht Anton. »Sogar in den Gräben, auf den Mauern und Felsvorsprüngen.«

»Das Grünzeug dient den Überlingern nur als Tarnung. Sie haben die farbenfrohesten Pflanzen wie ein Netz aus Flecktarn über ihre gigantischen Anlagen zur Stadtbefestigung gelegt. Aber unter den Blumen regt sich in Überlingen seit eh und je der Widerstandsgeist. Vor 300 Jahren haben sie einer Belagerung schwedischer Kriegshorden standgehalten.«

»Das ist ziemlich lang her«, hält Anton dagegen. »Alles kalter Kaffee.«

»Da bist du auf dem Holzweg, *mon ami*, mein lieber Freund und Kupferstecher. Bis heute beschwören die angeblichen Blumenkinder *all Johr*, Jahr für Jahr, mit einer Schwedenprozession ihre Wehrhaftigkeit. Meine Nußdorfer Tante vermietet Fremdenzimmer. Vor den Gästen lächelt sie mit geschlossenen Lippen, damit man bei ihr die Haare auf den Zähnen nicht sieht.«

»Ich seh schon«, kichert Anton, »deine Tante ist die perfekte Gastgeberin.«

»Die Auswärtigen tappen in Urlaubsstimmung durch Riviera-Kulissen am See entlang. Das Echte dahinter sehen sie nicht.«

»Und was ist das Echte?«, will ich wissen.

»Das Echte ist zäh, widerstandsfähig und winterhart. Das, was ohne schützendes Gewächshaus den Frost übersteht und der kalten Sophie trotzt: Apfelbäume, Kirschbäume, Reben. Bei einem echten Überlinger brauchst du nur an der Rinde zu schaben – und schon kommt ein Obst- oder Weingärtner zum Vorschein.«

Anton und der Rüssel verbindet eine Menge. Beide fangen den Tag mit Melken an und hören mit Melken auf. Beide singen im Gesangverein Liederkranz. Beide rauchen *Ernte 23* mit Filter; das Päckchen muss eine Woche reichen. Beide haben die Kriegsgefangenschaft überstanden. Anton kam aus der Kälte, der Rüssel aus der Hitze. Der eine aus Russland (irgendwo hinter dem Ural), der andere aus Südfrankreich. Ein Herz und eine Seele sind sie deswegen aber noch lange nicht. Das wäre auch zu viel verlangt von zwei schwäbischen Bauern, die stolz sind auf ihren eigenen Dickschädel.

Für Anton ist alles halb. Meine erste Traktorfahrt – halb so wichtig. Der Habicht überm Hennenhag – halb so schlimm. Der ausgefallene Gesangvereinsausflug – halb so wild. Am liebsten würde er auf dem Münchner Oktoberfest keine Maß bestellen, sondern nur eine Halbe. Bei der Heimkehr aus sowjetischer Gefangenschaft war er nur noch Haut und Knochen, *n halba Händscha*, ein halber Handschuh.

Bei seinem Kumpel ist alles doppelt. Die Fasnet doppelt so lustig, die Bierpreise zweifach überhöht, vier Fäuste hauen mehr als zwei. Er führt, wie er sagt, ein »Doppelleben« als Bauer und Seeweinhändler. Das Geschäftsgebaren der Billigweinpanscher bei Lambrusco und Katzenstriegel: doppelbödig. Und sowieso, *oinaweag*, redet er doppelt so viel wie Anton.

Der halbe Anton und der doppelte Rüssel trinken ein Viertele Weißwein und kauen ein Problem durch. Ich krieg nur die Hälfte mit, weil hüben und drüben, *hanna und danna*, lärmende Wanderer sitzen. Durchweg ältere Herrschaften, die sich lauthals dafür loben, die Steilküste von Sipplingen herauf – wie einst Luis Trenker die Eigernordwand – erklommen zu haben. Dafür müssen sie sich mit einem Kännle Bohnenkaffee (draußen gibt's nur Kännchen), einer Schwarzwälder Kirschtorte und einer lauten Geräuschkulisse, einem *Mordsvazall*, für die bewältigten Höhenmeter entschädigen. Fehlt nur noch, dass sie ein Wanderlied anstimmen.

So viel kann ich hören: Der Rüssel will aus dem Gesangverein aussteigen und stattdessen Tanzmusik machen. Dafür hat er einen doppelten Grund. Einen musikalischen und einen geschäftlichen. Anton ist aber nur halb überzeugt.

»Mir ist einfach die Lust auf Volks- und Heimatlieder vergangen«, bekennt der Aussteiger. »Ich will nicht länger gelangweilt am Brunnen vor dem Tore rumstehen, hoch auf dem gelben Wagen beim Schwager sitzen oder der Mühle am rauschenden Bach beim Klappern zuhören.«

»Eine schöne Tradition und ein Stück heile Welt«, hält Anton dagegen.

»Mir scheint, dein Musikgeschmack ist im letzten Jahrhundert stehen geblieben. Wer mit der Zeit geht, braucht keine heile Welt, sondern eine heitere Welt. Gute Stimmung trotz schlechter Lage. Unser Dorf hat neuerdings Anschluss an die Kanalisation, aber noch keinen Anschluss an neue Lieder und moderne Musik.«

Wie am *Hailiecher*, am Heuhaken, herbeigezogen, rupft Anton noch ein Gegenargument raus. »Die Schlager sind kurzlebig. Zum einen Ohr rein, zum anderen raus.«

»Nicht kurzlebig, sondern kurzweilig«, kontert der Rüssel. »Und manche sind ein echter Ohrwurm.«

Zum Beweis summt er ein paar Takte. Er hat recht, sie gehen sofort ins Ohr. *Ohne Krimi geht die Mimi nie ins Bett. Liebeskummer lohnt sich nicht, my Darling. Ich will keine Schokolade – ich will einen Mann. Speedy Gonzales, du tust mir so leid. Wann wirst du endlich mal gescheit?*

Der Rüssel hat die 40 gerade überschritten, denkt Anton. Der wird nicht mehr gescheit. Der lässt sich nicht mehr umstimmen. Also fragt er: »Was hast du vor?«

»Der Seewein läuft nicht mehr so gut. Schmutzige Konkurrenz. Du weißt schon, Lambrusco und Katzenstriegel. Also brauch ich zusätzlich, *obadruff*, eine Geldquelle. Meine Idee ist eine Combo, die zum Tanz aufspielt. Davon verspreche ich mir doppelten Gewinn: Geld und gute Laune. Außerdem passen alle Instrumente in meinen französischen Lieferwagen.«

»Unter welchem Namen wollt ihr denn auftreten?«

»Rüssel und die Regenpfeifer.«

»Hört sich pfiffig an«, rufe ich dazwischen.

Die Regenpfeifer sind bei uns heimisch. Unten am Jordanbach und am Mühlenweiher kann man welche sehen. Sie pfeifen auf den Regen, auf schlechtes Wetter und widrige Umstände. Es sind lustige Singvögel mit Ringen um die Augen.

»Also *Rüssel und die Regenpfeifer*«, bringt sich Anton zurück ins Spiel. »Habt ihr vor, auch Lieder zu pfeifen statt zu singen?«

»Aber klar.«

Der Aussteiger aus dem Liederkranz der Langweiler hat sein »Repertoire«, wie er sagt, schon so gut wie zusammen. Die Vorbereitungen für den ersten Auftritt sind unter der Hand, *hälinga*, schon weit gediehen. Sie proben gerade die gepfiffene Melodie der zerlumpten Kriegsgefangenen aus dem Film »Die Brücke am Kwai«.

Anton nahm vor ein paar Jahren den Rüssel auf seiner schwarzen NSU Max mit ins *Tivoli* nach Überlingen. Auf dem Heimweg saßen die beiden, beeindruckt von der Filmmusik, pfeifend auf dem Motorrad, das sie aus der Kriegshölle auf der Leinwand zurück ins Dorf brachte.

Das Pfeifkonzert ist ein Signal für das selbstbewusste und gewitzte Auftreten der Gefangenen, wenn ich den Rüssel richtig verstehe. Pfiffige Burschen, *koizige* Kerle. Sie gehen einen schweren Gang. Wer baut schon gern seinen Feinden eine Brücke. Aber die Melodie, die sie dazu pfeifen, klingt leichtfüßig und beschwingt. Sie lassen sich nicht unterkriegen – und wenn sie anscheinend noch so tief in der Kacke stecken.

Der Rüssel schnipst mit Daumen und Mittelfinger, bevor er sagt: »Dieser gepfiffene Marsch wird bei allen Auftritten die Erkennungsmelodie der Regenpfeifer.«

»Passt gut.«

»Du wirst sehen, Anton, wenn wir den Kwai-Marsch pfeifen, dann finden selbst die Tänzer mit zwei linken Füßen den Takt. Sobald das passiert, wird die Tanzfläche brechend voll sein. Mit unserem Pfeifen drehen wir die Stimmung richtig auf – und der Abend wird doppelt so schön.«

»Mach mal halblang.«

EIN WAGEN VON DER LINIE 8

Der Hirschenwirt lacht eher selten. Aber wenn er lacht, dann ganze *Scholla*, eine Lachsalve, eine Knallfroschexplosion, schallend und den Wirtshauslärm übertönend. Er verkneift sich das Lachen, wenn seine Gäste Witze reißen. Die guten kennt er schon. Die billigen Frotzeleien oder zotigen Scherze überhört er, denn er lacht nicht unter Niveau. Mit seinen *Scholla* mischt er sich ein. Sie bedeuten je nach Klangfarbe »recht so!« oder »was für ein Unsinn!«. Wenn der Hirschenwirt die Lacher auf seiner Seite hat, ist die Sache entschieden. Man kann sich danach richten. Seine *Scholla* beseitigen dicke Luft, ersticken Zweifel und wirken befreiend. Er ist ein Meister des reinigenden Gelächters.

Heute hängt ein Schild mit der Aufschrift »geschlossene Gesellschaft« an der Eingangstür. Die Gaststube ist reserviert für die 40 Bauern der örtlichen Milchgenossenschaft. Das sind die Leute, die im Dorf den Hut aufhaben. Niemand kennt sie und ihre Sorgen besser als der Hirschenwirt. Denn zum Gasthaus gehört die Molkerei. Und auf diese *Molke* laufen sie mit ihren auf hölzerne Handkarren geladenen Milchkannen sternförmig zu. Jeden Tag. Ohne Unterbrechung. Ohne Ausnahme. Ohne Urlaub. Heute Abend werden alle in den Goldenen Hirschen kommen. Volles Haus, volle Kanne. Es ist Milchzahltag. Der Wirt hat gut lachen.

Der Chef will pünktlich zum Milchzahltag gehen. Mit dem Abendläuten, dem *Sexeleita*, dirigiert er seine *Kiah* von der Weide in den Stall. Unterwegs tanzen ein paar Kühe aus der Reihe, aber Anton bringt sie auf Linie. Er schwingt den Stecken, der wie ein Taktstock in seiner Hand liegt, zeigt damit auf die ausscherenden Kühe und ruft sie namentlich zur Ordnung. »Kätter, Maja, Minka, Ruth – in die Mitte gehen!« Dann gibt er mit dem Stock die gewünschte Richtung vor und bekräftigt die Marschroute mit ein paar Takten aus dem Sprechgesang seines Münchner Lieblingshumoristen Weiß Ferdl.

> *Ein Wagen von der Linie 8*
> *– in die Mitte gehn! –*
> *weiß-blau, fährt ratternd durch die Stadt.*
> *Vorsicht, der Wagen ist besetzt!*
> *Sie Lümmel, Sie – in die Mitte gehn!*

Der Chef sieht, wenn mich nicht alles täuscht, in diesen Zeilen einen versteckten Hintersinn. Das ganze Leben ist wie eine Fahrt in der überfüllten Straßenbahn. Man fährt am besten, wenn man in die Mitte geht. In die Mitte zwischen dem eigenen Fortkommen und der Rücksicht auf andere. Die Mitte ist für ihn dort, wo man weder unter noch über seine Verhältnisse lebt. Wo man weder knausert noch über die Stränge schlägt. Also hält er nichts davon, über den Durst zu trinken, sich zu überfressen, zu überschaffen oder zu überweiben. Den Chef erlebe ich nie *oba dussa,* außer sich vor Freude oder Entsetzen. Seine Stimmungen bleiben in der Mitte und pendeln um ein inneres Gleichgewicht.

Ein Vorbild für mich? Na ja, ein wenig turbulenter dürfte es schon zugehen. Ich würde mein Leben nicht mit einer Straßenbahnfahrt vergleichen. Lieber Straßenkreuzer als Straßenbahn. Lieber auf dem Highway durch Amerika als in einer Bimmelbahn durch München.

Wenn es nach dem Chef geht, sollten die Bauern nichts überstürzen, *it dreischiaßa,* vor allem bei der Anschaffung neuer Maschinen. Andererseits ist es ratsam, nicht immer nur die Rücklichter des technischen Fortschritts zu sehen. Man will ja nicht rückständig, *hinterstellig,* werden. Nur seinen alten Kramer Allesschaffer, Baujahr 1939, den gibt er nicht her. Dem alten Rohölross will er in guten wie in schlechten Tagen die Stange halten, »bis der Kolbenfraß uns scheidet«.

Mittlerweile stehen die Weidetiere an ihrem Platz, die Kuhglocken sind abgeschnallt. Das Melken muss zügig vonstattengehen, man will im Hirschen nicht um den letzten freien Stuhl kämpfen. An mir soll's nicht liegen, denn ich darf heute zum ersten Mal mit zum Milchzahltag.

Der Chef weiß, wie die Kühe am meisten Milch geben. Wie sie beim Ausmelken keine wertvollen Tropfen zurückhalten. Mit einer behaglichen Atmosphäre und Musik im Stall geht alles besser. Antons kleine Stallmusik besteht aus Volks- und Heimatliedern sowie heiteren Operetten-Melodien. Am Spiel der Ohren erkennt Anton die Lieblingslieder der Milchlieferanten. Vielleicht, denke ich, übernehmen die entspannt wiederkäuenden Herdentiere einfach den Musikgeschmack des Bauern.

Der Bauer sitzt derweil locker auf einem Melkhocker und freut sich auf den Milchzahltag im Hirschen. Er reibt das Euter mit Melkfett ein, stülpt die mit Schläuchen verbundenen Melkbecher über die Zitzen und begleitet die pulsierende Vakuumpumpe der Melkmaschine mit einer weiteren Strophe:

So fährt der Wagen schnell dahin,
die Menschen, die im Wagen drin,
die schaun gar grantig, niemand lacht,
da drin im Wagen der Linie 8.

Der Hirschenwirt und die versammelten Milchbauern wecken in mir Bilder aus der längst vergangenen Welt von König Arthur und den Rittern der Tafelrunde. Der König des Milchgelds thront am Kopf der Tafel, während die Bauern in der Runde bei einem zünftigen Vesper mit Wurst- und Käseaufschnitt und Schwartenmagen, garniert mit weißem und rotem Rettich, ihren Gemeinschaftsgeist stärken, mit dem sie die zukünftigen Abenteuer heftig schwankender Milchpreise bestehen wollen.

Neben König Arthur ist ein Platz frei. Die Bauern kommen einzeln nach vorn und nehmen *nanderno* das Milchgeld in Empfang. Für hohen Fettgehalt gibt's Zuschlag, für Hygienemängel Abzüge. Außerdem zaubert der Wirt bei dieser Gelegenheit Bierdeckel aus dem Ärmel, auf denen jeder Strich für eine offene Rechnung steht. Der Klügere kippt nach und zahlt später. Jetzt wird das beglichen. Widerrede zwecklos, König sticht Bube.

Es gibt reichlich *z assed und z trinked*, zu essen und zu trinken, für die Scheunendrescher. Inzwischen werden die ersten Gläser Zoller-Bier nachgekippt, denn die gute Nachricht von stabilen Milchpreisen im Vergleich zum Vorjahr macht die Runde.

Der Hirschenwirt hat sich von der Milchzentrale in Sigmaringen einen Gastredner aufs Auge drücken lassen.

Der Mann zieht ein exakt gefaltetes Blatt aus der Aktentasche, setzt seine Lesebrille auf und liest Zahlen vor, aus denen eindeutig hervorgeht, dass die Steigerung von Milchleistung und Wohlstand ein Kinderspiel ist. »Die Bauern müssen nur bei ein paar überfälligen Änderungen mitziehen«, sagt er mit eintöniger Stimme, als handle es sich um eine technische Durchsage. »Künstliche Besamung statt Natursprung, meine Herren!« Im Vordergrund steht der wissenschaftliche Rat, ja der Sachzwang, auf schwarz-bunte Hochleistungskühe aus Holstein zu setzen. Schwarze Kühe führen aus den roten Zahlen.

So unverblümt bricht der schwarze Ritter eine Lanze für die Rasse aus dem Flachland. Das Meßkircher Fleckvieh hat seine Schuldigkeit getan. Es kann zum Schlachthof gehen. »Am besten handeln Sie, meine Herren, solange die Fleischpreise hoch sind.«

Alle Achtung, denke ich. Der Mann setzt unsere Kühe nicht nur auf die Anklagebank, sondern verkündet gleich das Todesurteil. Zu Zeiten der alten Rittersleut' hätte so einer den Beruf des Henkers angestrebt. Dieses Berufsziel hat er als Angestellter einer Milchzentrale knapp verfehlt.

Alles an dem Mann ist sauber. Sein weißes Hemd, seine Krawatte mit Kuhmotiven, sogar seine Fingernägel. Alles ist sauber – außer seinen Argumenten. Das erkenne ich an der versteinerten Miene von Anton und am offenbar steigenden Blutdruck vom Rüssel, der mit rotem Kopf daneben sitzt. Und wie reagieren sie?

Niemand hat eine Frage an den Referenten. Lasst ihn reden. *Londn schwätza*, scheinen alle im geheimen Einverständnis zu denken. Der Spesenritter zieht sich von Arthurs Tafelrunde zurück. Aber vorher hat er ihnen den Fehdehandschuh hingeworfen. Welche Gefechte stehen den Bauern bevor? Wie wird das enden?

»Der gute Mann hat uns nur die halbe Wahrheit aufgetischt«, ruft warnend der Rüssel. »Schwarze Kühe, *schwaze Kiah*, geben mehr Milch als unser Fleckvieh. Und sie lassen sich besser mit Kraftfutter auf Hochleistung trimmen. Das ist die eine Hälfte. Die andere Hälfte hat er unter den Tisch fallen lassen: Bei der Anschaffung schwarzer Kühe kommt nur hinten was raus, wenn die Milchpreise weiterhin steigen. Diese

Rechnung ist eine luftige Nummer, ein Ritt auf dem Papierdrachen. Bloß nicht!«

Der Chef stößt ins gleiche Horn, aber nur halb so laut wie der Rüssel: »Nichts geht über unsere robusten Weidekühe.«

Wo steht denn geschrieben, dass sich Milchvieh aus dem norddeutschen Flachland bei uns im Hügelland wohlfühlt? Wer Kühe auf Hochleistung trimmt, der macht sie anfälliger für Krankheiten. Das Landleben ist nicht schwarz oder weiß. Am besten bleiben wir bei der Fleckviehzucht und gehen in die Mitte zwischen Milchleistung und Tiergesundheit.

»Ganz genau«, ruft der Rüssel. »Bei uns müssen Bauern wie Viecher vor allem robust sein! Wenn die schwarzen Kühe die Höhenluft nicht vertragen, dann flattern euch Tierarztrechnungen ins Haus, bis euch schwarz wird vor Augen. Und das schöne Milchgeld rinnt euch am Ende durch die Finger.«

Die schwarzen Kühe sind ein Reizthema. Da und dort wird gehüstelt. Die heitere Zahltag-Stimmung steht auf der Kippe. Bis einer von hinten den scherzhaften Vergleich mit einer Rattenplage in die Runde wirft: »Lieber *Ratza* in der Küche als *schwaze Kiah* im Stall.«

Lauter als der Ruf schallt das Echo durch die Gaststube. König Arthur nickt und lacht zustimmend. Sein schallendes Lachen löst die Anspannung im Saal, kühlt die erhitzten Gemüter und befreit die Tafelrunde vom Schreckgespenst der schwarzen Kühe. Auch der Chef gibt sich entspannt. Denn erst durch sein Lachen hat der Hirschenwirt verraten, dass er dem heimischen Fleckvieh die Stange hält. Das Geschäftliche ist abgehakt, jetzt geht es zum gemütlichen Teil über.

Heute kommt eine skurrile Wirtshauswette zur Sprache.

Vor ein paar Wochen hat ein angeheiterter Gast behauptet, er habe ein wetterfühliges Hinterteil. Er wettete um eine Flasche Meersburger Wein, dass er allein mit seinem nackten *Fiedla* die Außentemperatur fühlen und bestimmen könne. Der Rüssel saß zufällig am Nebentisch und konnte mit einem Thermometer aus seinem Wein-Lieferwagen aushelfen. So stand der Überprüfung nichts im Wege. Gesagt, getan, die Wette gilt. Dummerweise kam just in diesem Moment ein auswärtiger Gast vor dem Hirschen an und wurde aus dem offenen Fenster heraus von einem entblößten Hintern begrüßt. Der ortsunkundige Betrachter bezog die Sache auf sich und erstattete Anzeige wegen Erregung öffentlichen Ärgernisses. Der Fall kochte hoch wie überhitzte Milch, als die »Fachzeitung für *Zinnober* und künstliche Aufregung« (Rüssel) ihre Leserschaft ins BILD setzte. Zinnoberrote Ausrufezeichen, groß wie Kaffeelöffel, sprangen dem Leser ins Gesicht. »Skandal im 400-Seelen-Dorf! Zur Begrüßung statt Grüß-Gott ein nackter Hintern!« Und besonders verdrießlich für den Hirschenwirt: »Da wendet sich der Gast mit Grausen!«

Die Zeitung mit den großen Ausrufezeichen glänzte indes durch Abwesenheit bei der folgenden Gerichtsverhandlung vor dem Sigmaringer Amtsrichter. Die Strafsache endete mit einem überraschenden Freispruch für den Wettkönig mit der heruntergelassenen Hose.

Das Blatt wendete sich zu Gunsten des *Hosalottles* durch die Zeugenaussage vom Rüssel. Der war bereit, notfalls unter Eid auszusagen, dass der Mann mit dem allerwertesten Arschthermometer seine Wette gewonnen hatte. Die mit dem Hintern gefühlte Temperatur betrug 14 Grad Celsius bei Nieselwetter – und entsprach damit exakt dem Wert auf der Quecksilbersäule. »Wenn Sie mich fragen, Hohes Gericht«, sagte der Rüssel zum Richter, »handelt es sich eher um ein wissenschaftliches Experiment als um ein öffentliches Ärgernis.«

Jetzt beim Milchzahltag kommt die Geschichte noch einmal hoch wie das gefressene Gras bei wiederkäuenden Ochsen. Die einen halten sie für peinlich, die anderen für lustig. Noch hat sich keine Meinung durchgesetzt. Naja, so ein nacktes Hinterteil, das weiß durch die üppig blühenden Geranien auf dem Fenstersims der Gaststube leuchtet, ist nicht unbedingt ein Beitrag zur Dorfverschönerung. Aber noch lange kein Grund, die Polizei zu rufen.

»Man muss sich schämen«, findet einer. »Ein Dorn im Hintern unseres ganzen Dorfs. Und dann noch in der Bildzeitung.«

»In Freiburg schämen sie sich nicht«, hält der Rüssel dagegen. »Da haben sie dem Hinternentblößer, dem *Fiedlastrecker,* sogar ein Denkmal gesetzt. Bei Regenwetter funktioniert er in luftiger Höhe am Freiburger Münster als Wasserspeier. Ich frage euch: Wollt ihr weniger Sinn für Humor haben als die Breisgauer?«

Natürlich nicht. Da sind wir uns einig. Wie kommt er bloß darauf? Der Hirschenwirt lacht große Schollen, eine richtige Salve. Und durch sein Lachen verwandelt er, wie mir scheint, eine peinliche Geschichte in eine belanglose Wirtshauserzählung, einen *Vazall.* Der Wirt hat gelacht, die Sache ist erledigt.

Der Milchzahltag neigt sich dem Ende zu. Der Hirschenwirt nimmt sich ein wenig Zeit – mir *nammet daweil* – und setzt sich zu uns an den Tisch. Die Paula von der Landjugend, von allen *Paile* genannt, hat diesen Moment abgepasst und zieht einen Stuhl heran. Sie will schon mal vorfühlen, ob der Hirschensaal frei wäre für ein Bauerntheaterstück, das die Jugend zwischen Weihnachten und Neujahr aufführen will. Wenn sie bei ihrer lebhaften Sprechweise den Kopf bewegt und dabei ihr Pferdeschwanz wippt, fällt es schwer, ihr einen Wunsch abzuschlagen. Der Wirt nickt.

»Was wollt ihr denn heuer spielen?«, will der Rüssel wissen.

»Auf jeden Fall was aus der Schweiz.« Dann kommt sie der Sache näher. »Zwei Stücke stehen zur Auswahl. In beiden spielt ein Bauer die Hauptrolle.«

»Mach's nicht so spannend, Mädle.«

»*Wilhelm Tell* oder *Bruder Klaus*. Beide Stücke gekürzt und gewürzt fürs Bauerntheater.«

»Ja-ja, der Name Tell sagt mir was«, meint einer. »Hat der nicht den Apfel vom Kopf seines Buben geschossen?«

»Genau.« *Das Paile* weiß Bescheid. »Der Tell hat sich geweigert, den Hut vom Landvogt zu grüßen. Solche *Visimatenta*, Mätzchen und Schikanen brachten das Fass zum Überlaufen. Der Tell und die anderen Bauern haben sich zur Wehr gesetzt. Mit denen konnte die Obrigkeit nicht länger Schlitten fahren. Und mit dem Rütlischwur wurden die Schweizer zu Herren ihres eigenen Landes.«

Dagegen sagt *Bruder Klaus* den Anwesenden auf Anhieb nichts. Kopfschütteln in der Runde.

»Bruder Klaus war der seltsamste Schweizer Bauer, den es je gegeben hat«, klärt uns das *Paile* auf.

Der Mann hatte Glück im Stall und Glück im Haus. Viele schöne Kühe. Und mit seiner Frau zehn Kinder, fünf Söhne und fünf Töchter. Eines Tages verließ er Knall auf Fall Haus und Hof und lebte als Einsiedler und Hungerkünstler. Die heilige Kommunion am Sonntag war seine einzige Nahrung. Auf Brot und Speck verzichtete er und knabberte nur noch wie die Kirchenmaus an einer geweihten Hostie. Für die Schweizer ist er bis heute ein Heiliger. Für alle anderen ein Bergbauer mit einem Sprung in der Schüssel.

Dem Hirschenwirt bleibt die Spucke weg. Er sagt nichts. Er lacht nur große Schollen. Diesmal lang und ausdauernd, mit einem ungläubigen Unterton. Nein, so einen Bauern gibt's beim besten Willen nicht, will er mit seinem Lachen sagen. Ein unglaubwürdiges Theaterstück, durchgefallen vor der ersten Probe.

»Dann also Tell«, sagt ʼs *Paile* von der Landjugend. »Wegen dem Apfel kommen wir rechtzeitig auf dich zu, Anton. Deine legendären Mostäpfel, die Schafnasen, wären genau das richtige Requisit.«

»Meine kostbaren *Schofnäsler* mit einem Pfeil durchbohren, das könnt euch so passen«, gibt der Chef zur Antwort und lacht dabei schallgedämpft durch die Nase.

Der Chef ist nicht unter den Ersten, die gehen. Er will aber auch nicht dem letzten Gast auf den Buckel gucken.

Dem Rüssel gehen die Aussichten auf schwarze Kühe und künstliche Besamung nicht aus dem Kopf. Im Hinausgehen legt er dem Chef die Hand auf die Schulter und sagt: »Wenn das kommt, sind Landwirtschaft und Viehzucht bei uns *nimma des*, nicht mehr so gut wie heute.

Und was wird aus deinem schönen *Häge,* wenn Kühe künftig künstlich trächtig werden können?«

Der Chef überhört die Frage und nimmt ein paar tiefe Atemzüge an der frischen Luft vor dem Wirthaus.

Der Hirschenwirt kommt noch mit heraus auf den Hof. Für den einen oder anderen ist noch zu klären, wie man heimkommt. Die Bauern oder ihre Kinder bringen zwar die Milch täglich mit dem Handkarren zur Molkerei, aber das Milchgeld holt keiner zu Fuß ab. Zu dieser späten Stunde stößt die Motorisierung an ihre Grenzen, vor allem an die Promillegrenze. Auch wenn der Hirschenwirt natürlich nicht sehenden Auges Alkohol an Besoffene ausschenkt.

Bei den meisten Gästen würde ich sagen: Alles wankt – außer dem Entschluss, sich doch noch hinter das Lenkrad des Autos oder Traktors zu setzen. Der Chef, seit ein paar Wochen im Besitz eines VW Käfers, lässt sich breitschlagen, einen mitfahren zu lassen, bei dem Hopfen und Malz die Herrschaft über die Blutkörperchen übernommen haben. Hoffentlich kotzt der nicht ins Auto, das die Vorbesitzerin vom Walder Kloster in so tadellosem Zustand übergeben hat.

Jetzt zeigt der Hirschenwirt auf den Alois, den alle »Holzwiesele« nennen. Aber nur, wenn er es nicht hört.

Der Holzwiesele hat eine Lösung gefunden, wie man nach einer Zechrunde sicher den eigenen Hof ansteuert und auf Promille pfeift. Ich sehe seinen angeschirrten Berner Sennenhund. Ein kräftiger Kerl mit Schlappohren, der übrigens auf den Namen Walter hört. Wie in der Schweiz zieht der Hund ein hölzernes Milchwägele. Nur mit dem Unterschied, dass darin heute keine Kannen stehen, sondern ein Melkhocker festgezurrt ist. Der

Holzwiesele steigt auf und braucht nur mit der Zunge zu schnalzen. Der Berner läuft frei und zielsicher auf den heimischen Hof zu. Ohne Zutun des Bauern, ohne Mätzchen oder *Visimatenta*.

»Bei diesem Gespann kommt es nur darauf an«, wirft der Rüssel ein, »dass der Hund nüchtern ist. Zum Glück frisst der Sennenhund keine Schnapspralinen wie mein belgischer Schäferhund.«

Der Hirschenwirt lacht schallend. In seinem Lachen schwingt Anerkennung mit. Und zum ersten Mal heute Abend lacht er nicht nur, sondern sagt etwas. »Von den Schweizern könnten wir ruhig mehr übernehmen.«

»Das wär' bestimmt kein Fehler«, stimmt der Chef zu. »Ohne den Schweizer *Häge*, den Ur-Zuchtbullen aus dem Simmental, gäbe es unser Meßkircher Fleckvieh nicht.«

»Ja, ohne die bedeutenden Zuchterfolge wären wir arm dran«, ruft der Rüssel vom Seewein beflügelt über den Hof des Goldenen Hirschen. »Als arme *Kirchameis*, arme Kirchenmäuse, müssten wir jetzt in den Abendhimmel starren und hilflos mit ansehen, wie *schwaze Kiah* aus dem Norden als Rettungsengel einschweben.«

Der Hirschenwirt reagiert nicht. Vielleicht ist ihm bei der Vorstellung von den einschwebenden schwarzen Kühen das Lachen im Hals steckengeblieben.

DAVON GEHT DIE WELT NICHT UNTER

Will der Bürgermeister einen Ratschluss bekannt geben, schreitet er nicht persönlich durchs Dorf. Da schickt der Herr den Scheller aus.

Bei uns ist das ein hinkender Amtsbote, der mit der Ratsglocke eine Klangspur durch die Straßen zieht. Er bimmelt an jedem zweiten Misthaufen, lockt die Anwohner aus den Häusern, verschafft sich Gehör und ruft im abgehackten Staccato »Bekannt-mach-ung! Bekannt-mach-ung!« Doch am Ende ist die Bürgerschaft nicht klüger als zuvor. Man versteht ihn nicht, aber wenigstens ist man gut unterhalten. Es ist jedesmal ein Schauspiel, wie er sich ungeachtet seines steifen

Beins aufs Dienstfahrrad schwingt, in voller Fahrt die blaue Amtsmütze mit dem gestickten goldenen Hirsch aufsetzt, die mit einer Lederschlaufe ausgestattete Glocke vom Lenker wickelt, den Spickzettel aus dem Rathaus aus der Jackentasche, dem *Kittelsack,* nestelt und nebenher seinen Stumpen der Spaichinger Billigmarke Burger weiterpafft. Bei Regenwetter läuft der Schellenkönig, wie er von manchen genannt wird, zur Hochform auf, weil er dann auf dem grün lackierten NSU-Herrenrad überdies mit dem aufgespannten Schirm jongliert. So ist er imstande, souverän seines Amtes zu walten und die vor Nässe geschützte Messingglocke mit Holzgriff, sein königliches Zepter, stets in einwandfreiem Zustand zu schwingen.

Ein Wortakrobat ist er leider nicht. Ich sag's rundheraus: Vorlesen ist nicht sein Ding.

Der Chef hat sich vom Bürgermeister vor ein paar Tagen breitschlagen lassen, den *Gmuidsbock,* den gemeindeeigenen Deckbock, unterzustellen. Obwohl das eigentlich nicht Sache eines Fleckviehzüchters und Milchbauern ist. Der Geißbock ist kein gern gesehener – besser gesagt: gern gerochener – Gast auf einem Hof mit Milchkühen, weil es dann überall *bockelet* und streng nach dem gehörnten Gesellen riecht. Das mag zwar Lockstoff für bockige Ziegen sein, überstinkt aber den angenehmen Stallgeruch, den reiner Kuhmist verbreitet. Der lästige Konkurrenzgestank irritiert die empfindlichen Nasen unserer Kühe. Sogar die Sauen fühlen sich gestört.

Der Chef ist gerade dabei, gehäckseltes Stroh (sprich: *Priez)* in den Bockstall zu streuen, als er das vertraute Bimmeln hört. Mit den Worten »*los guat na*!« – hör gut zu, spitz die Ohren! – schickt er mich nach draußen. Heute werden neben anderen Nachrichten auch die Decktermine für die Geißen ausgeschellt. Und die darf der Chef als frisch bestallter Bockhalter nicht verpassen.

Von der Stelle aus, wo auf unserem Hof der Mist von der Schubkarre auf den Haufen gekippt wird, wohne ich der Freiluftaudienz des Schellenkönigs bei. Als er anfängt zu sprechen, wird das schrille Metallgeräusch der Glocke abgelöst vom hölzernen Klang seiner Stimme. Es ist ein Moment wie am Gründonnerstag in der Kirche, wenn die Ministranten die Altarglöckchen zur Seite legen und stattdessen mit Rätschen klappern.

Er macht einen Lungenzug, bildet Silben und Wörter tief in Hals und Kehle, hüstelt sie über die Zunge hinweg durch die Zähne, vorbei am qualmenden Stumpen, den er zum Vortrag nicht aus dem Mund nimmt. Mit näselnder Stimme leiert er die amtlichen Auskünfte herunter, ohne Punkt und Komma. Manche Wörter lässt er, schwäbischen Gepflogenheiten verpflichtet, mit der Atemluft durch die Nase entweichen. Manchmal verschluckt er halbe Sätze und würgt sie anschließend wieder heraus wie einen Rollmops, der aus Versehen im falschen Hals steckt. Die Rede röchelt er regelrecht aus dem Rachen raus. Das klingt beinahe wie bei den gastfreundlichen Vettern auf der Schweizer Seite des Bodensees: *Sali mitenand! Chomed ine! Im chliise Chuchichäschtli hond mir öppis z ässed.* Ein see-alemannisches Gurren, das manchmal aus der Seele, aber immer aus der Kehle kommt.

Erschwerend wirkt sich aus, dass der gute Mann *bruttlet und muttlet,* vor sich hin nörgelt und nuschelt wie Hans Moser zu seinen besten Zeiten.

Was er einfältig vom Zettel aufnimmt, gibt er zwiefältig, mehrdeutig oder verkehrt herum wieder. Denn die Wörter entstehen nicht auf der spitzen Zunge des Vortragskünstlers, sondern erst in den langen Ohren des Lauschers. Der Platz, um Worten einen Sinn zu geben, ist unter diesen Umständen das Hirn des Zuhörers. Das klappt nur, wenn es überhaupt eingeschaltet ist. Mit einem Wort: Der Scheller ist der ungekrönte König der Zweideutigkeit und der hinkende Bote der Missverständnisse. Aus seiner Botschaft hör ich das heraus, was ich will. Oder das, was zu den Gedanken passt, die mir gerade durch den Kopf gehen. Durch meinen Kopf schwirrt Zara Leanders Liedzeile: Davon geht die Welt nicht unter.

Was nuschelt er in sich rein, was höre ich raus?

Der Milchpreis sinkt: Landwirtschaft am Bodensee oder Landwirtschaft, die ich am Boden seh'.

Die Feuerwehr hat geprobt: War der uniformierte Mann an der Spitze betroffen oder der uninformierte Mann an der Spritze besoffen?

Der Bürgermeister lädt ein: zur Bürgersprechstunde oder zur Bürgerzechrunde?

Der Gemeinderat empfiehlt: Das Pflaster bis zum Hirschen legen oder das Laster bis zum Knirschen pflegen?

Die Gemeindesteuer schlägt auf: Es schellen die Kassen, mehr Hundesteuer. Oder bellen lassen wird im Grunde teuer?

Die Milchgenossenschaft rechnet: Ist die Rede von Kühen, Elchen und Rentieren oder von Mühen, welche sich rentieren?

Der Gemeinderat meldet: Im Ort isst jeder Brie und Schwartenmagen. Oder ist ab sofort Federvieh ohne Warten einzuhagen?

Der Bürgermeister rät: Decktermine nicht verpassen oder Speckterrine nicht verprassen?

Tja, der Teufel steckt mal wieder im Detail.

»Hast du zugehört, *hoscht gloset*?«, will der Chef wissen. »Wurden die Decktermine für den Geißbock bekannt gegeben?«

Ich zucke mit den Schultern.

»Hai-jai-jai«, sagt Anton. »Wieder nichts Genaues.«

Warum säbelt der Scheller seine Sache so seelenlos runter? Warum rückt er nicht einfach raus mit der Sprache? Warum wirkt er bei seinem Vortrag wie eine Kerze ohne Docht? Was hindert ihn daran, einfach klipp und klar das vorzulesen, was auf dem Zettel steht?

Ich vermute, dahinter steckt eine alte Geschichte, die ihm bis heute Kopfzerbrechen macht und unseren Schellenkönig in die innere Abdankung treibt.

»Was ist los mit dem?«

Aus dem Chef ist wenig rauszuquetschen. »Du kennst ja den berühmten Spruch von Abraham a Sancta Clara aus Kreenheinstetten«, windet er sich raus. »Wenn über eine Sache Gras gewachsen ist, kommt bestimmt irgendwann ein Kamel daher und frisst es wieder ab.«

»Hai-jai-jai«, sage ich zu Anton. »Wieder nichts Genaues.«

Ich nehme mir vor, nach dem Kamel Ausschau zu halten. Mir kann man jede noch so peinliche Geschichte ganz im Vertrauen stecken. Ich kann schweigen, *i halt mei Gosch*. Ich muss die Geschichte ja hinterher nicht ausschellen.

ICH WOLLT, ICH WÄR EIN HUHN

Im Frühsommer 1940, um Peter und Paul herum, saß
der Scheller aus unserem Dorf am Frühstückstisch bei
der Freudenstädter Tante, aß mit gutem Appetit, ange-
regt durch die gute Höhenluft im Schwarzwald, ein Brot
mit hausgemachter Kirschmarmelade und warf einen
Blick in die Zeitung, der sein Leben verändern sollte:
Hitler vor dem Straßburger Münster.

In seinem langen Mantel, der bis über den Schaft seiner Lederstiefel reichte, wirkte der Führer ganz und gar
nicht wie ein Mann, der gerade in der Kathedrale Gott
demütig für den Sieg über die verhassten Franzosen
gedankt hat. Nein, hier steht ein siegreicher Feldherr –
vielleicht der größte, seit Julius Cäsar den Galliern gehö-

rig eins auf die Mütze gab – bei der Inspektion seiner prächtigsten und wertvollsten Kriegsbeute. Das Foto elektrisierte den Scheller. Er hätte sein letztes Hemd dafür geopfert, bei diesem Triumph dabei zu sein. Erst die Kirschmarmelade auf dem Brot, dann dieses Bild in der Zeitung – was für ein herrlicher Morgen!

Die Nase des Gastes steckte noch im Lokalblatt, als ihn eine Bemerkung der Tante aufhorchen ließ: »Hitler kommt heute nach Freudenstadt. Er will verwundete Soldaten im Krankenhaus besuchen.«

Die Nachricht riss ihn vom Stuhl. »Der Führer hier und heute in der Stadt? *Heidanei,* ist das die Möglichkeit? Da muss ich hin!«

Die Tante trug ihre weiße Trachtenbluse mit den Puffärmeln. Aber nicht wegen des erwarteten Rummels um den Führer. »Du weißt doch, ich will bei Kaffee und Kirschtorte gemütlich meinen Geburtstag feiern«, sagte sie abwehrend und stemmte ihre Unterarme in beide Hüften. »Und dabei kommt mir ausgerechnet der Hitler in die Quere.«

Kurze Zeit später mischte sich der Scheller, den sonst nichts vom Genuss einer Schwarzwälder Kirschtorte abgehalten hätte, mit bis zum Hals klopfendem Herzen unter die erwartungsfrohe und ständig größer werdende Menge vor dem Krankenhaus. Aus dem Zeitungsbild hatte er grimmige Genugtuung aus Hitlers Siegermiene herausgelesen. Zeigte nicht der gleiche Mann, spukte es im Kopf des Schellers herum, mit seinem Krankenhausbesuch sein fürsorgliches Gesicht?

Auf einmal ist es so weit: In die Menge kommt Bewegung, erste »Sieg Heil«-Rufe, und schon naht eine kleine Kolonne mit Militärfahrzeugen. In einem offenen Geländewagen mit dem Stern vorne auf der Motorhaube – deutsche Ingenieurskunst, harter Kruppstahl, ehrliche Handarbeit – steht bei hoch geklapptem Beifahrersitz rechts neben dem Chauffeur unverkennbar der Führer mit Schirmmütze, Feldherrenmantel und *Rotzbremserbärtle*. Mit der linken Hand hält er sich an der kugelsicheren Windschutzscheibe fest, mit der rechten grüßt er die jubelnden Leute am Straßenrand. Ringsum fröhliche Gesichter. Nichts erinnert an den polternden Redner, an den Rächer der Entrechteten mit Zornesfalten auf der Stirn, den man aus der Wochenschau kennt. Das prächtige Fahrzeug aus Sindelfingen und der herausragende Feldherr aus Braunau sind zu einer Einheit verschmolzen wie Sockel und Denkmal. Eine »rollende Siegessäule« beim Triumphzug durch ein Schwarzwaldstädtchen. Das muss man gesehen haben.

Voller Begeisterung lief der Scheller, der damals schon ein steifes Bein hatte, weil er als Bauarbeiter vom Gerüst gefallen war, ein Stück weit neben der Nobelkarosse her. Er geriet so aus dem Häuschen, dass er dabei glatt das Hinken vergaß. Irgendwie wanderte die Versteifung aus dem linken Bein in den aufgehobenen rechten Arm. Eine Bewegung, die Sieg und Heil zu versprechen schien. Mit jedem Schritt wuchsen ihm neue Kräfte zu. Er fühlte sich stark wie ein Tiger und wäre in diesem Zustand bereit gewesen, für den großen Dompteur durch einen brennenden Reifen zu springen.

Vom Foto seines Führers vor dem Straßburger Münster war der Scheller elektrisiert, spätestens jetzt, mittendrin im Geschehen, waren alle Sicherungen durchgebrannt. Er spürte, wie er mit dem Führer »in eins gehen« konnte. Leichtfüßig ging er die Treppen hoch von der Dorfgemeinschaft zur Volksgemeinschaft. Auf einmal galt nicht mehr der Dreiklang »Eine Kuh, eine Weide, ein Bauer«, sondern die Parole »Ein Volk – ein Reich – ein Führer!«

In berauschter Stimmung fühlte er sich eins mit dem Mann im Mercedes. Dazu ein Beispiel, ja geradezu ein Paradebeispiel: Der Führer hat keinen Führerschein, genau wie er. Der Führer braucht keinen Führerschein, genau wie er. Nur die Gründe liegen leicht auseinander. Der mit dem steifen Arm hat einen Fahrer, der mit dem steifen Bein bloß einen Drahtesel, auf dem er sich selbst abstrampeln muss. Aber sollte man an Jubeltagen wie diesen nicht über das Trennende hinwegsehen und stattdessen das Verbindende feiern? Wenn ein Mann aus unserem Dorf »vom Rausch ergriffen« ist, darf man das immer wörtlich verstehen.

Bevor der Scheller aus dem Haus eilte, hatte er der Freudenstädter Tante beim Kirschtortenbacken zugesehen. Als sie nach Originalrezept ein ordentliches Quantum hochprozentiges *Kriesewässerle* dem Backwerk hinzufügte, nutzte der Gast die Gelegenheit, um die Kirschen in flüssiger Form in seinen Flachmann zu kippen und sich auf diese Art für den entgehenden Tortengenuss zu entschädigen. Das Schwarzwälder Kirschwasser, von dem er sich immer mal wieder (sprich: *vonnazua*) ein Schlückchen aus dem Flachmann genehmigte, erleichterte es ihm, sich in die Hitlerparade hineinzusteigern. So trug der Fünfzigprozentige, hausgebrannt mit schwarzen Kirschen, einen gewissen Teil dazu bei, dass aus dem Mann ein Hundertprozentiger wurde.

Freudenstadt war im Freudentaumel – und unser Scheller taumelte mit in den Abgrund.

Bis auf den heutigen Tag kursieren bei uns im Dorf verschiedene Versionen über das Freudenstadt-Erlebnis, das den Scheller vom Paulus zum Saulus machte. Einig ist man sich aber in einem Punkt: Im Nachhinein (sprich: *hindadrei*) stellte sich heraus, dass damals im Frühsommer 40 beide auf einem Gipfel standen. Der Führer auf dem Gipfel seiner Macht, der Verführte auf dem »Kniebis seiner Ohnmacht«, wie der Hirschenwirt einmal sagte.

Mein Großvater Friedrich – Dreschmaschinenbesitzer, Tüftler und Zeppelinnarr – steuerte eine eigene Erklärung bei zur Blitzbräunung des Schellers in der Schwarzwälder Höhensonne. Hitler ist es ohne Worte, allein kraft der Inszenierung gelungen, die Leute in seinen Bann zu schlagen. Eine Art Massenhypnose.

Von Hypnose versteht Friedrich etwas. Das ist für ihn und seine Kumpels ein Sonntagnachmittagsvergnügen. Die lassen sich mithilfe eines blank polierten Silberlöffels der Reihe nach (sprich: *nanderno*) in Trance versetzen. Dann setzen sie sich rittlings auf einen Stuhl, greifen nach ihrem an die Stuhllehne geknoteten Schlips wie nach einem Zügel, reiten im Galopp um den Tisch und wähnen sich so lange als Jockeys im Pferderennen, bis der erste Stuhl aus dem Leim geht und jemand ruft: »Friedrich, das Stuhlbein bricht!«

Ach ja, meint Friedrich, Hypnose ist zum Vergnügen da. Auf einem ganz anderen Blatt steht der Missbrauch zu politischen Zwecken. Ein Hypnotiseur vom Schlage Hitlers ist der Herr des Herdentriebs, der Magier der Menschenmenge. Er bringt es fertig, dass die Leute mit kurzem Verstand und langen Hälsen wie Schafe in die Richtung rennen, in der die Schur auf sie wartet.

Anton steht der Hypnose noch einen Tick kritischer gegenüber. Menschen sollte man dabei überhaupt aus dem Spiel lassen. Er beschränkt sich darauf, ab und zu Hühner zu hypnotisieren.

Nur der freche Hahn, unser *Gickerle*, lässt das nicht mit sich machen. Er behält seinen eigenen Kopf und stets ein waches Auge. Ja doch, ein kleiner Hahn mit großem Kamm, der sich nicht so schnell einlullen lässt. Selbstbewusst statt fremdgesteuert, soweit man das einem gefiederten Körnerfresser zutrauen kann. Bei Antons Hypnose-Schabernack drücke ich dem kleinen Spielverderber die Daumen und gebe in meinen grauen Zellen die Bühne frei für die Comedian Harmonists:

Ich wollt, ich wär ein Hahn,
dann würde nichts getan.
Ich legte überhaupt kein Ei
und wär die ganze Woche frei.

Respekt, Respekt! Dem Chef merke ich an: Er findet es gut, dass sich der rot gefiederte Spitzbube im Gegensatz zum willensschwachen Hühnerhaufen nicht in Trance versetzen lässt. Er erzählt nicht ohne Stolz, wie einmal das *Gickerle* mit Schnabel und Krallen ein Küken vor dem Zugriff einer Gabelweihe gerettet hat. Kein leichter Gegner für Greifvögel. Klein, aber oho!

Wie ging die Sache mit dem Scheller weiter?

Anno 45, als die Hitlerei umständehalber abgeblasen werden musste, wich dem Mann der braune Teint aus dem Gesicht. Bleich und blass vor Reue und Schande machte er sich Vorwürfe: Hätte ich doch damals auf die Freudenstädter Tante gehört und die leckere Kirschtorte mit verspeist! Dann hätte es mir bestimmt das Hemd nicht in die Propagandamaschine gewickelt! Überhaupt war die Tante schlauer als ich. Sie hat es vermieden, in den Schlamassel hineingezogen zu werden. Von Naziumtrieben hat sie sich ferngehalten und mindestens eine Tortenschaufellänge Sicherheitsabstand gewahrt.

Bis heute würde er am liebsten vor Scham in den Boden versinken, wenn er daran denkt, dass die anderen Leute, *Anderleit*, daran denken, wie er auf den Nazischwindel samt dem Verbrecher *z oberscht doba*, ganz da oben auf dem Obersalzberg, reingefallen ist. Oder ist er bei *Anderleit* unten durch, weil die für möglich halten, dass er nicht nur auf den Schwindel reingefallen ist, sondern selbst Dreck am Stecken hat?

Und am meisten denkt er, dass die anderen das denken, wenn er als Ausscheller auf seiner Tour durchs Dorf zieht. Dabei sind alle Blicke auf ihn gerichtet. Ja, die Blicke durchbohren ihn auf der Suche nach Fehlern. Zu gern wollen die Leute sehen, wie er in den Kuhfladen tappt. »Hör mir auf, *gang mr aweg*! Keine Sau interessiert sich doch für die langweiligen Bekanntmachungen aus dem Rathaus. Aber meine Versprecher werden dann tagelang durch den Kakao gezogen.«

Bis wieder eine andere Sau durchs Dorf getrieben wird.

So denkt vermutlich der Schellenkönig, dass die Ratsglocke einen hohlen Klang hat. Wenn er sich's recht überlegt, ist es eine Narrenschelle, die man ihm umgehängt hat, um die Erinnerung an seinen Freudenstädter Sündenfall wachzuhalten. Dazu das Dienstrad: Scheinbar eine Vergünstigung, in Wahrheit nichts anderes als ein rollender Pranger. Damit wird er beim Ausschellen zur beweglichen Zielscheibe für Spötter, die aus dem Hinterhalt ihre Giftpfeile auf ihn abschießen. Er hat den Eindruck, dass die kleinen Rotzlöffel vom *Bude-lewar* absichtlich, also *mit Fleiß*, an den Straßenrand vorgeschickt werden, während die Alten ihre Hände in Unschuld waschen. Statt die Lauscher aufzusperren, drehen die Rabauken ihm eine lange Nase und stören ihn bei seinen Amtsgeschäften im Auftrag des Bürgermeisters. Er fühlt sich verspottet und *ausbläket*. Wenn sich ein Bauer mit einer Hand am Stalltürchen festhält und mit der anderen abwehrend herumfuchtelt, ist er unsicher, ob das ihm und seiner Amtshandlung gilt oder bloß einem lästigen Mückenschwarm. Zu allem Übel kräht ab und zu ein frecher Gockel vom Misthaufen runter so laut dazwischen, dass der Scheller sein eigenes Wort nicht mehr versteht.

Und weil das so ist, betet er den *Bettel* teilnahmslos runter, versteckt sich hinter dem Qualm seines billigen Burger-Stumpens, spricht stockend, *muttlet und bruttlet* und vermasselt seinen Vortrag. Fehlt nur noch, dass er stottert.

Am Feierabend – so ein schönes Wort kommt in den amtlichen Bekanntmachungen, die er ausschellt, überhaupt nie vor! – spült er den ganzen Ärger und *Zinnober* des Tages mit ein oder zwei Flaschen Gögginger Bier flüssig runter. Dagegen kommt ihm Schwarzwälder Kirschwasser nicht ins Haus: »*Gang mr aweg!*«

Jetzt, wo man die alte Geschichte nicht mehr unter dem Deckel halten kann, möchte ich – aber das bleibt natürlich ganz unter uns! – noch loswerden, dass das Freudenstädter Abenteuer anstelle der Kirschtorte einen Knochen bereithielt, an dem er bis heute zu nagen hat.

Als alles vorbei war mit der Hitlerei, entwickelte er ein geradezu krankhaftes Misstrauen gegen jede Form der Begeisterung. Seither fehlt ihm eine Tasse im Schrank. Ein Sprung in der Schüssel, eine Macke, die er sich beim Jubel in Freudenstadt eingefangen hat, aber erst nach dem Krieg zum Ausbruch kam. Seither hat er Angst vor der eigenen Freude. Angstfreude. Er sitzt wie das Häschen in der Grube und hat panische Angst davor, dass sich bei ihm eine freudige Stimmung hochschaukeln könnte bis zur Begeisterung. Auf dem Höhepunkt, so malt er den Teufel an die eigene Wand, beginnt die Schaukel in die entgegengesetzte Richtung rüberzuschnappen – und reißt ihn unweigerlich mit in die Tiefe.

Endstation der Fahrt in den Untergang ist womöglich die Klapsmühle, Heilanstalt für schwache Nerven in Reichenau. Dort tut sich ein Rachen auf, der ihn entweder mit Haut und Haar verschlingen oder am Ende wieder ausspucken wird, kuriert von allen Mucken und Macken.

Ja, so unterschiedlich kann der Zweck einer Reise an den Bodensee sein. Wer unten an der Palme steht und gerne hochklettern würde, befindet sich wahrscheinlich auf der Insel Mainau. Zur Reichenau wird hingegen derjenige hingekarrt, der bereits auf der Palme ist, aber ohne ärztliche Hilfe nicht wieder herunterkommt.

Die Angst des Schellers vor der Reichenau ist übertrieben. Wegen so einer Hitlermacke drohen nicht gleich Zwangsjacke, Blaulicht und Gummizelle.

Gott sei Dank schrillt die innere Alarmglocke des Schellers selten, von dem einen oder anderen Fehlalarm abgesehen. Denn Grund zu überschwänglicher Freude bietet ihm das dörfliche Dasein eher selten. Hinz und Kunz grüßt mittlerweile mit herablassender Geste aus einem fahrbaren Untersatz, aber er hat immer noch keinen Führerschein. Und dann kam doch, was kommen musste.

Der Schellenkönig hat Geburtstag. Niemand hat einen Kuchen gebacken, der schlechte Erinnerungen wecken könnte. Dafür erhält er etwas Lebendiges: Es ist ein süßer Welpe, ein Dackelweibchen, ein wahrer Wonneproppen. Die Hundesteuer schlägt demnächst auf. Das hat er selbst gerade ausgeschellt. Es könnte ihm auf den Magen schlagen und die Stimmung vermiesen. Aber das dicke Ende mit der Hundesteuer geht ihm durch die Lappen im Eifer des Gefechts und im Überschwang der Freude. So ein wunderbares Geschenk. Und dazu ganz unverhofft. Und endlich etwas in seinem Leben, was nicht klingelt, sondern bellt! Wer schellt, ist ein Narr. Wer froh ist, ist ein König. Er wird von seiner Freude ergriffen, von der Begeisterung mitgerissen, von seinen Glücksgefühlen fortgetragen – und befindet sich damit halb besinnungslos auf direktem Weg in den Wahnsinn. Obacht, jeden Moment übernimmt die Hitlermacke das Kommando in seinem Oberstübchen! Reichenau, ich komme!

Während der Scheller im Haus mit einem Gläschen Seewein auf seinen Geburtstag anstößt, schleicht das Hündchen nach draußen, schnüffelt im Gras herum (ohne deshalb gleich als *Grasdackel* zu gelten) und läuft am Bach entlang bis zu einem Steg, über den ein Gässle in die Dorfmitte führt.

Zufällig lungere ich an dieser Stelle mit dem *Budelewar* genannten Haufen kleiner Bauernstrolche herum.

Unter einem *Budelewar* stellen sich die alten Ochsen im Ort ungehobelte Rabauken vor, kleine Rotzlöffel in kurzen Lederhosen, in der Gruppe kaum zu bändigen wie übermütige Kälbchen auf der Weide. Auch das *Gickerle* leistet uns Gesellschaft, obwohl die Hühner von Rechts wegen eingezäunt sein müssten.

Das Hundle läuft uns direkt in die Arme.

»Bestimmt ist es noch nicht getauft«, fällt mir spontan ein.

»Das lässt sich ändern!«, antwortet einer der Strolche.

Wie auf Kommando springen alle auf, ziehen Schuhe und Strümpfe aus und stehen Sekunden später knietief im Bach. Einer packt den kleinen Dackel am Schlafittchen und taucht ihn unter Wasser.

»Weil es so ein schöööönes Hündchen ist«, schlage ich vor, »soll es Bella heißen.«

Inzwischen hat der Scheller bemerkt, dass sein Geschenk Beine hat. Auf der Suche nach dem verlorenen Schatz lässt er den Spazierstock wie Hubschrauberblätter über dem Kopf kreisen, bewegt sich auf die Szene mit der Dackeltaufe zu, erspäht den platschnassen Hund und schreit wütend: »Ihr nutzlosen Heuhaken, ihr *Hailiecher!* Ihr Taugenichtse und *Schlappadengler!* Was macht ihr mit meinem Hund?«

Jetzt, wo es für ihn wirklich um was geht, ist das undeutliche *Bruttla und Muttla*, das man vom Ausschellen kennt, wie weggeblasen. Selbst den billigen Stumpen nimmt er aus dem Mund und droht bei anhaltenden Kreisbewegungen des Stocks: »Ich werd's euch heimzahlen – *i turene dafir!*«

Jetzt macht er seinem Ärger Luft, spuckt die Töne nur so heraus und lässt weitere Schimpfwörter auf die ungebetene Taufgesellschaft niederprasseln. »Ich zieh euch die Ohren lang – *i lass ei d'Ohra stau!*« Und weiter: »Ich wasch euch den Kopf, ihr Hühnermelker – *i turene d'Henna nei, ihr Hennamelker!*«

Oha, Hennamelker, denke ich. Starker Tobak. Für angehende Milchbauern grenzt das fast an Beleidigung.

»Wartet nur, euer Vater zieht euch den Hosenboden stramm, ihr ungezogenen Bengel, *elendige Fratza!*«

Die Drohung tropft an mir ab, denn der Chef fühlt sich bei Beschwerden über das *Budelewar* nicht zuständig und wimmelt alles ab. Allenfalls sagt er kurz angebunden: Alles halb so wild, wenn ihr mich fragt.

Das *Gickerle* will bei dem *Zinnober*, dem Lärm um nichts, mitmischen. Es schleicht sich spitzbübisch, *koizig*, von hinten an, klettert flügelschlagend an seinem Rücken hoch und pickt ihn in den Nacken.

Der Scheller fuchtelt wütend mit dem Stock, verfehlt zum Glück den flinken Hahn und muss sich mit einer Drohung begnügen: »Jetzt reicht's mir aber – *etz isch gnuag Hai hunna!* Diesem Gockel dreh' ich bei nächster Gelegenheit den Kragen rum. Das Einzige, was dann von ihm übrig bleibt, ist die Feder an meinem Hut!«

Nach einer Weile legt sich der Pulverdampf. Das schöne Hündchen, das seit der Dackeltaufe auf den Namen Bella hört, hat sich das Wasser aus Fell und Ohren geschüttelt.

Und dem Scheller fällt siedend heiß ein, dass er auf dem besten Weg in den Wahnsinn war.

Der Lausbubenstreich mit der Taufe brachte neben der Abkühlung für den Hund auch einen heilsamen Kälteschock für das überhitzte Gemüt und die überbordende Begeisterung seines Herrchens. Der Streich wirkte wie ein Spritzer kaltes Wasser auf die überschäumende Milch. Die Angstfreude sackte in sich zusammen. In Fällen wie diesen erspart der Hund im Bach die Nervenheilanstalt. Und dem Scheller blüht keine Reise an den Bodensee.

Der Bach, vormals ein namenloses Rinnsal, welches durch unser Dorf über mehrere Bäche und Flüsse der Donau zufließt, heißt übrigens seit dieser Dackeltaufe Jordanbach.

SCHLÖSSER, DIE IM MONDE LIEGEN

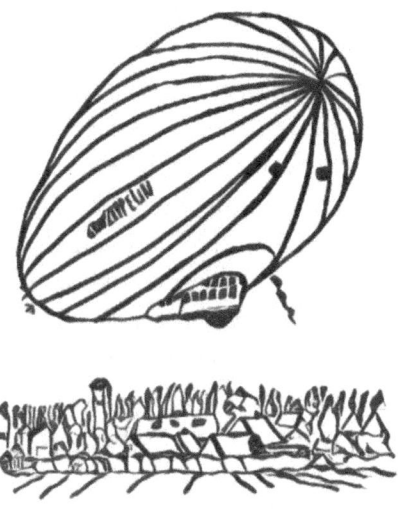

An der Decke unserer Werkstatt hängt eine Lampe, die aussieht wie das Modell eines Luftschiffs und von einem Windrad über dem Dach mit Strom versorgt wird. Auf der silbergrauen Außenhülle steht in schwarzen Lettern klein, aber lesbar der Name: GRAF ZEPPELIN.

Von einer ausgebauten Autorückbank aus gucke ich Opa Friedrich, Herr über die nützlichen Dinge im Raum, beim Hantieren am Schraubstock zu.

Der Mann mit Haaren wie ein Silbermond hat einen alten Melkeimer, die kleine Sorte zum Ausmelken von Hand, in den Schraubstock gespannt, an der Seite eine postkartengroße Aussparung in den Eimer gesägt und ist gerade dabei, die scharfen Kanten abzufeilen. Jetzt nimmt er ihn heraus, dreht sich herum und stülpt mir das gute Stück zur Anprobe über den Kopf. Nur Augen, Nase und Mund bleiben ausgespart. »Passt der Astronautenhelm?«

»Wie angegossen. Sitzt, wackelt und hat Luft.«

Dem Rohling fehlt nur noch die Silberlackierung. Die Farbdose ist schon geöffnet, der ausgewaschene Pinsel liegt bereit. In der Luft liegt ein leicht harziger Terpentingeruch. Heute bin ich in der Werkstatt, um mit Friedrichs Hilfe einen Weltraumanzug zusammenzuschustern. Ich bin nämlich unter die Raumfahrer gegangen.

Friedrich hat sein Tüftlerparadies technisch so gut ausgestattet, dass hier weitaus mehr möglich wäre als die Reparatur von Landmaschinen. Eine Bodenstation für Raketen wäre nicht zu hoch gegriffen. Der erfahrene Handwerker beherrscht alle Handgriffe blind. So hat er den Blick frei nach oben in den Weltraum mit seinen unerforschten Geheimnissen. Er hat mir gezeigt, wie man sich in klaren Nächten am Mond und den Sternbildern orientiert.

Da Feile, Hammer und Eisensäge inzwischen verstummt sind, dringt Musik ohne störende Konkurrenzgeräusche durch. Radio Beromünster – zu Kriegszeiten stand das Hören unter Strafe – sendet zu dieser Stunde auf Mittelwelle von der Schweizer Seite des Bodensees Operettenmelodien.

Schlösser, die im Monde liegen,
bringen Kummer, lieber Schatz.
Um im Glück dich einzuwiegen,
hast du auf der Erde Platz.

Ich geb's ungern zu, aber bis vor einem Jahr habe ich meine Zeit damit verplempert, zusammen mit dem *Budelewar,* einem losen Haufen kleiner Lederhosen- bürschle, um den Mühlenweiher herumzuschleichen. Ausgestattet mit einer geheimnisvollen Schatzkarte von Opa Friedrich, haben wir dort als Winnetou und Old Shatterhand Jagd gemacht auf den Schatz im Silbersee. Leider hat ein kleines schwarzes Pony die Suche ver- bockt, weil es *ums Verrecka* nicht bereit war, die ihm zugedachte Rolle als Winnetous Wunderrappen Iltschi zu spielen. An satteloses Indianerreiten war mit dem widerborstigen Kerl nicht zu denken. So blieb uns nur übrig, barfuß durch die sumpfigen Wiesen um den Wei- her zu tappen. Mit Prärieabenteuern im Wilden Westen hatte diese Karikatur von einem Vollbluthengst nichts an der Mähne. Wahrscheinlich wurde das Pony geplagt vom Heimweh nach den Shetland-Inseln. Höchste Zeit, den Kinderkram abzuhalftern.

Aus der Traum vom Reiten. Hinein in den Traum vom Fliegen! Wenn's drauf ankommt, kann ich beim Träu- men wie beim Radiohören auf Knopfdruck in ein neues Programm umschalten. Die hochfliegenden Pläne sind schon weit gediehen. Ich habe vor Augen, wie wir in der Pilotphase unseren kleinen roten Hahn, das *Gickerle,* mit einer Rakete in die Erdumlaufbahn schießen. Auf dem Rückflug soll es in einer am Fallschirm hängen- den Kapsel sanft auf unserer Hauswiese landen, begrüßt mit animalischen Ehren und großem Zapfenstreich von unserem glockenbehangenen Fleckviehmusikkorps.

Den außerirdischen Tierversuch haben die Russen mit ihrem Kosmonauten-Kläffer, der auf den Namen Laika hörte, auf einer Sputnik-Mission vorgemacht. Warum sollte etwas Vergleichbares nicht mit einem schwäbischen Gockel gelingen? Wenn das wie am Schnürchen klappt, könnten das *Gickerle* und ich ja den Versuch wagen, den Amis mit der Mondlandung zuvorzukommen.

So schön die Vorstellung ist, dem Mann im Mond die Hand zu schütteln und ihn nach seinem Befinden da oben zu fragen – »*wie gohtsene do hoba?*«–, so mühsam gestalten sich die Reisevorbereitungen am Boden. Ich will erst gar nicht um den heißen Brei herumreden: Über die Umwandlung eines alten Melkeimers in einen weltalltauglichen Astronautenhelm ist das Experiment bisher nicht hinausgekommen. Immerhin lässt Friedrich nicht locker – *mir lond it luck* – und bepinselt unverdrossen einen Getreidesack mit Silberfarbe, den er zu einem Astronautenanzug zusammenflicken will.

Er ist ein Schaffer und ein Träumer.

Für das Schaffen steht die Lanz Dreschmaschine. Durch die Jahrzehnte trennte die Landmaschine aus Mannheim auf ungezählten Höfen das Stroh vom Weizen und Friedrich von ärmlichen Verhältnissen. Seine Träume hängen bis auf den heutigen Tag am Zeppelin. Er blickt immer noch auf zum Friedens- und Wohlstandstraum aus Friedrichshafen wie zu einem strahlenden Stern, den man am Nachthimmel sieht, obwohl er längst erloschen ist. Der über dem Bodensee aufgegangene Komet ist am 6. Mai 1937 in Amerika verglüht. Ein Datum, das wohl nicht nur Friedrich unauslöschlich auf der Seele brennt.

»Wo hast du den Zeppelin zum ersten Mal gesehen?«

»Ich war gerade dabei, den Weidezaun zu reparieren, als dieses riesige Luftschiff plötzlich über mir schwebte. Ganz niedrig, praktisch über meinem Kopf. Schon im Landeanflug auf Friedrichshafen. Den Namen GRAF ZEPPELIN und die Nummer LZ 127 konnte ich deutlich lesen.« Er hält beide Arme weit auseinander, den Pinsel mit der Silberfarbe als Verlängerung in der rechten Hand, und sagt mit Betonung auf der Zahl: »236 Meter lang – kannst du dir das vorstellen? - zweihundertsechsunddreißig Meter. Nicht einmal der Ulmer Münsterturm kann mit diesen Ausmaßen mithalten. Ich war elektrisiert.«

»Waren denn *Anderleit* im Ort genauso aus dem Häuschen wie du?«

»Hmm«, atmet er aus, bevor er antwortet. »Begeisterung und Meckerei hielten sich die Waage. Manchen war die Sache nicht ganz geheuer. Am Ende wird sich das Luftschiff als Narrenschiff herausstellen, hat mir einer über den Weidezaun zugerufen. Im besten Fall ein Luftschloss. Dabei hatte der Hans-guck-auf-den-Boden den Zeppelin nicht mal gesehen. Ein anderer maulte, der Zeppelin erschreckt und *vagelschteret* das Vieh mit seinen laut brummenden Motorengeräuschen.«

»Haben denn unsere Kühe verschreckt reagiert?«

Friedrich schüttelt den Kopf über das Gerede von damals. »Sie drehten die Hälse zur Seite und stellten die Ohren nach hinten, aber dann wickelten sie gleich wieder die Zunge um die saftigen Büschel und grasten seelenruhig weiter.«

»Sie ließen sich wirklich nicht stören vom Fluglärm?«

»Nicht der Rede wert«, antwortet mein Ohrenzeuge. »Von den fünf Maybach-Motoren war so kurz vor der Landung nur noch einer in Betrieb, mit gedrosselter Leistung. Jedes frisierte Moped, auf dem heutzutage ein halbstarkes Zigarettenbürschle durchs Dorf knattert, ist lauter und lästiger.«

Mit dem Zeppelin schwebte also ein Riesenvogel sanft und elegant über unser Nest hinweg. Ich versuche, mir das vorzustellen.

»Und hast du auch mal beim Riesen vorbeigeschaut, auf Gegenbesuch am Bodensee?«

»Ja, ich erinnere mich gut, es war im Spätsommer 29. Die Heimat bereitete dem von einer Weltfahrt heimkehrenden Luftschiff GRAF ZEPPELIN einen begeisterten Empfang. In zwölf Tagen um die Welt, reine Flugzeit. Auch ich hatte hohes Zeppelinfieber.«

»Wie ich dich kenne, hast du dich dafür wie an einem hohen Feiertag in Schale geworfen.«

»Ja«, gibt er zu. »Das war ein Festtag. Ich wollte den Weltfahrern mit dem Zylinder winken.«

»Kanntest du die denn?«

Bei dieser Frage streift er den Pinsel ab und legt ihn aus der Hand. »Der Luftschiffkapitän Hugo Eckener war damals ein weltberühmter Mann. Bei uns kannte den jedes Kind. Im Weißen Haus ging er ein und aus. New York feierte den Pionier vom Bodensee mit einer Konfettiparade. Für ihn regnete es bunte Papierschnipsel in Amerika.«

»Fast wie für den ersten Atlantikflieger«, werfe ich ein. »Äh, ich komm jetzt nicht auf den Namen ...«

»... Charles Lindbergh. Man kann beide auf eine Stufe stellen. Wie soll ich's erklären? Eckener war ein Pionier der Luftfahrt und ein Pionier der Völkerverständigung. Für ihn war der Zeppelin ein Fahrzeug des Friedens. Wer damit über alle Grenzen reist, kommt als Freund. Mit dieser Haltung eckte er bald bei Hitler und Goebbels an. Die beiden sahen im Zeppelin ein Fahrzeug der Propaganda. Lufthoheit im Zeichen des Hakenkreuzes. Aber das ist eine andere Geschichte.«

Von Friedrich kenne ich nur einen sachlichen Ton, aber als er den Empfang von LZ 127 schildert, spricht er das Wort »Friedrichshafen« mit so einem Stolz in der Stimme aus, als wäre die Stadt nach ihm benannt.

»Dort war alles zusammengeströmt, was Beine hatte. »WILLKOMMEN!« stand in großer Schrift auf einem Triumphbogen. Jubel aus tausend Kehlen begleitete das Landemanöver, als das Luftschiff von Konstanz her über das Wasser auf uns zuschwebte.«

Wenn ich Friedrich richtig verstanden habe, nannte man Friedrichshafen damals seeauf, seeab in einem Atemzug mit New York, Los Angeles und Tokio.

Aber auf den fliegenden Teppich der Massenbegeisterung wollte sich der Herr der nützlichen Dinge und Meister der Zweckmäßigkeit nicht setzen.

Stattdessen schlich er mit prüfender Tüftlermiene um das Luftschiff herum. Sein Blick blieb an einem unscheinbaren Detail hängen. Außen an der Gondel befanden sich zwei Windgeneratoren. Die wandelten die Drehbewegung in elektrische Energie um und lieferten den Strom für Funkanlage, Bordküche und Beleuchtung. Die Idee hat er aufgegriffen und heimgebracht.

So dreht sich bis heute über unserer Werkstatt waagrecht ein Windrad wie ein kreisender Teller auf dem Stecken eines Zirkusakrobaten und setzt die Zeppelin-Wunderlampe unter Strom. Eine technische Spielerei. Und ein Traum von der unerschöpflichen Energie.

Friedrich hat mit seiner Dreschmaschine vielen Bauern die Getreideernte erleichtert. Aber wäre es nicht noch nützlicher, im großen Stil den Wind zu ernten und damit sozusagen Strom zu dreschen? Windenergie – so wertvoll wie der Schatz im Silbersee? Der Tüftler hat technische Zeichnungen an die Wand gepinnt. Nichts Patentreifes dabei. Es sind nur Schnipsel, die sich nicht zu einer Schatzkarte zusammensetzen lassen.

Früher haben gescheiterte Experimente den Tüftler umgetrieben, aber heute sieht er die Dinge gelassen. Ja, die Mondlandung will er noch erleben. Dafür würde er auf seine alten Tage noch einen Fernseher anschaffen. Sein Interesse am Tagesgeschäft tröpfelt langsam aus. Das schließe ich daraus, dass er öfter mit seinem hellblauen Lloyd LP 600 – Viertakter, 600 Kubik, 23 PS – über das Deggenhauser Tal an den Bodensee fährt. Friedrichshafen ist sein Ziel.

Die beschauliche Ruhe in Überlingen ist nicht sein Ding. Die Überlinger hätten den Zeppelin bestimmt nicht erfunden. Das Gefühl, dass es nirgendwo so schön ist wie in Überlingen, lähmt den Forscherdrang. Was für einen Zweck hat ein weltumrundendes Luftfahrzeug für Leute, die am liebsten daheim aus dem Fenster gucken? Der alte Tüftler fühlt sich angezogen von der schöpferischen Unruhe in Friedrichshafen.

Auch unser Dorf könnte mehr davon vertragen, meint Friedrich: »Dieser Geist weht wieder vom Bodensee zu uns herauf, doch unterwegs ist ihm die Puste ausgegangen.« Und er fügt leicht spöttisch hinzu: »Schon früher sagte man bei uns im Ort, wenn mal wieder *nix noche*, nichts voran ging: Der Heilige Geist kam nur bis Sentenhart.«

Während er noch über den Heiligen Geist von Sentenhart redet, fällt mein Blick auf einen stark vergilbten Zeitungsausschnitt an der Wand. Überschrift: »Vom Bodensee hinaus in die Welt.« Dazu ein Foto mit einsteigenden Passagieren. An der mobilen Treppe zur Gondel steht geschrieben: »Zeppelindienst Friedrichshafen – Rio.«

Aha, denke ich. Hinaus in die Welt. Rio de Janeiro. Bossa Nova. Klingt gut. Jedenfalls eine Möglichkeit zum Umschalten in ein anderes Programm, falls es mit meiner Mondlandung wider Erwarten nicht klappt.

SAG MIR, WO DIE BLUMEN SIND

Beim sommerlichen Auspuffkonzert der Traktoren spielt der alte Lanz Bulldog den Bass. Das Auspuffrohr führt an der Kühlerhaube vorbei senkrecht nach oben wie der Schalltrichter einer Tuba. Begleitet von schwarzen Rauchwolken werden aus dem Blech des Zweitakters tiefe und weiche Töne geblasen. Im Leergang ist das Tempo langsam, mit leicht schwermütigem Unterton wie beim Bossa Nova. Beim Gasgeben geht es beschwingt zu. Bei Vollgas wird's rasant wie eine Polka: Tepf-tepf, tepf-tepf, tepf-tepf. Wer einen so klangvollen Bulldog fährt, braucht sich bei uns im Dorf keine Gedanken um den passenden Spitznamen machen.

Der Tepf, wie ihn alle nennen, ist zusammen mit seinem Traktor alt geworden. Dem Pfründner fiel es bei der Hofübergabe an den eingeheirateten Schwiegersohn *hopfaleicht*, sich von allem zu trennen. Nur den Lanz Bulldog hat er behalten, ein dunkelgraues Urviech, Baujahr 1938. Der Lack ist längst ab, aber er läuft, wenn man ihn geduldig vorglüht.

Wozu braucht der Alte diesen Traktor? Er will, so vermute ich, der Herr dieser Bass-Klänge bleiben. In letzter Zeit schlägt das Pendel zwischen Schwermut und Beschwingtheit bei ihm immer heftiger aus. Die Klänge des Traktors verstärken alles, das Schwere wie das Leichte. Aber solange er selbst den Fuß auf der Kupplung und den Finger am Gaszug hat, behält er die schwankenden Stimmungen wenigstens halbwegs im Griff.

Auf dem Rückweg von der Tälemühle keucht und schwitzt unser alter Kramer Traktor – neben dem Lanz übrigens der letzte Vorkriegsveteran im Dorf – Öl und Wasser, um den steilen Gottesackerbuckel zu bezwingen. Der Gottesacker liegt inmitten von Wiesen und Äckern auf einer Anhöhe und damit, wie manche meinen, der ewigen Heimat ein Stück näher als das übrige Dorf. Noch bevor der Chef und ich sehen, was vor uns liegt, erkenne ich am Bossa-Nova-Klang, dass vor dem Friedhofseingang bei laufendem Motor der Lanz steht. Mit der linken Hand unter dem Kinn, dabei den Ellbogen auf das Lenkrad gestützt, liest der Tepf vom Traktorsitz aus stumm die auf dem Kriegerdenkmal eingemeißelten Namen. Er wird hier oben öfter gesehen und hat sich die Namen wahrscheinlich längst ins Hirn gemeißelt. Mit den Fingerspitzen der rechten Hand am

Schirm seiner Lotsenmütze deutet er einen Salut an, der offenbar Anton und dem Kramer gilt.

Während der Chef die Fahrt kurz unterbricht, um auf ein paar Gräbern mit Gieß- und Weihwasser zu hantieren, bleibe ich auf dem Traktor sitzen und wechsle zwischendurch (sprich: *drundetnei*) ein paar Worte mit dem Tepf.

»Die Toten hier sind nicht vollzählig«, sagt der Tepf. »Weißt du, dass auf unserem Friedhof Tote fehlen?«

»Worauf willst du hinaus?«

»Es fehlen junge Männer. Einer aus jedem zweiten oder dritten Haus. Dort, wo die blauen Bohnen flogen, hat es sie erwischt. Irgendwo fern von daheim mussten sie sterben. Ohne Trauerzug, ohne Totenwagen, ohne Leichenschmaus im Goldenen Hirschen. Ohne Aussicht auf eine *schäne Leicht*, eine schöne Beerdigung, mit heiterem Ausklang bei einem Glas Bodenseewein im Wirtshaus.«

»Der Haken ist bloß, dass die Hauptperson tot ist«, wende ich ein. »Die kriegt von der *schäne Leicht* nicht mehr viel mit. Sag, fehlt auch einer aus deinem Haus?«

»Ja.«

Deshalb sitzt er auf dem Bulldog hier draußen, blickt auf das Denkmal und liest immer wieder den Namen seines Sohnes.

»Guck da, ganz unten.«

Dabei zeigt er auf die Liste der Vermissten, die neben den Gefallenen gesondert aufgeführt sind.

Ganz schön lang ist die Liste für ein Dorf mit nicht einmal 400 Einwohnern. Elf untereinander geschriebene Vor- und Nachnamen. Elf Zeilen Dorfschmerz. Der Sandstein wirkt verwittert, Efeu kriecht empor. Die

Namen der mir Unbekannten sind nicht mehr leicht zu entziffern, aber ich kann sie in jedem einzelnen Fall dem Bauernhaus zuordnen, aus dem heraus sie einst ohne Rückfahrkarte im Rucksack eingezogen wurden.

»Der Alfred«, ruft der Tepf. »Siehst du die Schrift da unten, dicht über dem Gras? Mein Alfred.«

»Glaubst du, dass er noch lebt?«

»Im letzten Kriegsjahr erreichte ein Stellungsbefehl meinen jungen Alfred. Noch ein halbes Kind, ganz grün hinter den Ohren. Ab an die Ostfront.«

Seither weder ein Lebenszeichen noch ein Todesbeweis. Weder Feldpostbrief noch halbierte Hundemarke. Kein Sterbenswörtchen. Kein Lichtstreif am Himmel. Die Jahre vergehen wie im Blindflug einer Fledermaus. Suchanfrage beim Roten Kreuz: keine Spur. *Nix. Nix und wieder nix.*

»Mal denke ich: Er muss tot sein. Dann wieder: Todsicher ist das nicht. Vielleicht kauert er irgendwo wie ein Engel mit gebrochenem Flügel und schaut hilflos heimwärts.«

Über den Verlust kommt der Tepf nicht hinweg, aber er findet keine Worte für den eigenen Schmerz. Ich spüre, er könnte aus der Haut fahren, *uff da Sau fott*, aber untermalt vom eintönigen Tepf-tepf, Tepf-tepf des Bulldogs bringt er nur mit tonloser Stimme heraus: »Im Paradies sind alle beieinander. Durch die Hölle geht jeder allein.«

Das Leid steht ihm bei diesen Worten nicht ins Gesicht geschrieben. Er wirkt teilnahmslos. Er versteht es, wie eine Katze Qualen zu verbergen, um nach außen hin keine Schwächen zu zeigen.

Der Lanzmotor zündet, wenn man die Glühlampe lang genug drunterhält. Beim Tepf zündet 20 Jahre nach

Kriegsende kein Hoffnungsfunke mehr. Der verlorene Sohn hört die Signale aus der Heimat nicht. Auch nicht das Lied vom guten Kameraden, das die Blasmusik-Kapelle am Volkstrauertag auf dem *Gottsackerbuckel* in den Herbstnebel trompetet.

Schwachen Trost verheißt die mit Großbuchstaben in den Sandstein gemeißelte Inschrift auf dem Denkmal. Die Heimatgemeinde dankt ihren tapferen Söhnen mit einem Vers aus dem Johannes-Evangelium. Der Tepf fordert mich auf, laut vorzulesen:

EINE GRÖSSERE LIEBE HAT NIEMAND ALS DIESE, DASS ER SEIN LEBEN GIBT FÜR SEINE FREUNDE.

»Alle Achtung, ich ziehe meinen Hut! Das muss man erst mal fertigbringen, einen Bibelspruch so hinzudrehen, dass er dem Himmelfahrtskommando *hindadrei*, im Nachhinein, noch einen Sinn gibt. Unsere Söhne haben das Leben geopfert für ihre Freunde – von wegen«, sagt der Tepf mit bitterer Ironie. »Bauernsöhne wurden nicht als Helden gebraucht, sondern als Kanonenfutter. Sinnloses Verheizen von Menschenleben in zwei Weltkriegen als Tat christlicher Nächstenliebe? Dass ich nicht lache.«

»Betest du manchmal für Alfred?«

»Ja. Ich will den Gesprächsfaden nach oben nicht ganz abreißen lassen. Es ist mehr so ein Strohhalm, an den ich mich klammere.« Dabei, *drundetnei*, zuckt der Tepf wiederholt mit den Achseln. »Manchmal bitte ich Gott: Schick dem Alfred einen Schutzengel, der über ihn wacht. Ich kann's ja nicht mehr. Und drück bittschön ein Auge zu, wenn ich mal wieder mit deinem hochwürdigen Stellvertreter in unserer Pfarrei über Kreuz liege.«

Jetzt umklammert der verlorene Vater mit den Händen das Lenkrad, als suche er Halt am Bulldog. Als ich genauer auf die Hände schaue, stellt sich mir die zitternde Frage: Sucht der Alte Seelentrost im Alkohol?

Der Chef hat inzwischen, *hebba*, die Gräber seiner Lieben mit zweierlei Wassern gepflegt, die ewige Ruhe und das Leuchten des ewigen Lichts gewünscht und kurbelt nun den Kramer wieder an.

»Anton, wenn du nichts dagegen hast«, sagt der Tepf, »komm ich bei dir noch auf ein Krügle Most vorbei. Du machst den besten Most weit und breit.«

Anton nickt. Er bringt es nicht übers Herz, den Alten abzuwimmeln.

Die beiden Rohölveteranen Lanz und Kramer bewegen sich rasant, volles Rohr, 16 km/h in der Spitze, im Polka-Rhythmus auf unser Dorf zu. Ein Zweitakter-Duett für Basstuba und Tenorhorn. Tepf-tepf, tepf-tepf, tepf-tepf, taktet der Bass. Tock-tock-tock pufft es dazu in hellerem Ton aus dem Kramer. Musik in meinen Ohren.

Heimzu höre ich vom Chef mehr darüber, wie das Vermisstenschicksal das Leben des Tepf messerscharf in zwei Hälften schneidet.

Früher eilte der technisch versierte Handwerker den Bauern mit einer fahrenden Schlosserei zu Hilfe und erschien als rettender Engel, wenn irgendwo ein gebrochener Wagen oder eine kaputte Landmaschine unter Zeitdruck wieder flott gemacht werden musste, bevor der Regen einsetzte.

Heute braucht er selbst einen Rettungsengel, ja sogar zwei: einen, der über den vermissten Alfred wacht, und noch einen, der ihm vor jeder Traktorfahrt das Mostglas aus der Hand nimmt.

Früher, im Ersten Weltkrieg, fuhr der Schlosser, der alles konnte außer schwimmen, zur See. Genau genommen unter der See. Als Maschinist in einem U-Boot der kaiserlichen Marine fand er unter widrigen Umständen immer wieder einen technischen Kniff, damit der schwimmende Sarg am Ende mit lebender Mannschaft auftauchte.

Jetzt aber kommt er immer weniger mit dem trüben Wasser klar, welches das Abtauchen des vermissten Sohnes umspült. Ungetrübt bleibt nicht einmal seine Freude über schöne Erlebnisse. Zum Beispiel bereitete ihm ein Ausflug mit dem Musikverein in die Bärenhöhle auf der Schwäbischen Alb Unbehagen, weil ihn die nasskalte Tropfsteinhöhle an Tauchfahrten im U-Boot erinnerte. Und wenn ein alter Bauer Erinnerungen hervorkramt, meint der Chef, ist es, wie wenn er seinen *Hosasack* umstülpt. Dann kommen immer mehrere Dinge zum Vorschein. So frisst sich die Grübelei von der Bärenhöhle über das U-Boot bis zum vermissten Sohn durch. Welches verdammte Malheur hindert den Alfred daran, grübelt wohl der Tepf, gefangen in einem Strudel kreisender Gedanken, *e oi Loch nei*, der Gefahr zu entrinnen und aufzutauchen?

Früher galt er als echter Charmebolzen, der nach dem Dreschen oder Holzsägen seine Mundharmonika auspackte und den müden Arbeitern mit beliebten Melodien das Mitsingen der Refrains entlockte. Niemand konnte ihm das Wasser reichen, wenn es darum ging, ein hartes Tagwerk heiter ausklingen zu lassen. Heute lässt er es nur noch angeheitert ausklingen. Und sein ehedem großes Repertoire auf der Hohner-Mundharmonika, die er seit seiner Marinezeit im *Kittelsack* dabei hat, ist mittlerweile auf »Junge, komm bald wieder« und »O du lieber Augustin« zusammengeschrumpft.

Gab es denn in all den Jahren des Wartens und Bangens nie einen Moment der Hoffnung?

»Ja, doch. Ein einziges Mal«, sagt der Chef, »schöpfte der Tepf Zuversicht.« Vor zehn Jahren, so um Mariä Geburt herum, als sich die Schwalben zum Abflug in den warmen Süden versammelten, ging eine frohe Kunde durchs Land. Der schlaue Adenauer traf in Moskau auf einen unerwartet milde gestimmten Grutschow (im Südkurier lese ich Chruschtschow) und konnte die letzten zehntausend Kriegsgefangenen aus russischen Straflagern loseisen und heimbringen. Der Tepf war elektrisiert: Ist der Alfred dabei? Gerettet? Steigt er morgen in Menningen aus dem Zug, wo ich ihn mit dem Lanz Bulldog in Empfang nehmen kann? Unter den zehntausend Spätheimkehrern war tatsächlich ein Bauer aus unserem Dorf, der Nachbar vom Schuster. Ausgemergelt von der Zwangsarbeit im russischen Bergwerk, aber dem Teufel von der Schippe gesprungen. Die Tage vergingen, die Schwalben sind fort, aber der Alfred ist nicht da. Die letzte Nachhut kehrte ohne ihn heim. Danach ist mir dann aufgefallen, dass der Tepf häufiger einen über den Durst trinkt.

Die beiden Traktoren sind, vorbei am Feldkreuz im Weileracker, jetzt auf der Höhe des Goldenen Hirschen. Die restliche Fahrzeit reicht noch für eine Frage: »Wie sind der Tepf und der Pfarrer *hinderanand* gekommen und in Streit geraten?«

»Wenn bei uns im Dorf zwei aufeinander herumhacken, liegt der Anlass meist schon so lange zurück, dass sich nicht einmal die Streithähne daran erinnern.« Dann kommt der Chef auf den Punkt. »In diesem Fall weiß ich es aber genau.«

Der Tepf war den anderen Bauern technisch weit voraus, hat schon vor Kriegsausbruch das Pferdegeschirr abgehalftert und 1938 den Lanz Bulldog angeschafft. So viel moderne Technik war dem Pfarrer ein Dorn im Auge. Von der Kanzel herunter warnte er vor dem Teufelszeug: Im Schweiße deines Angesichts sollst du dein Brot essen, hat Gott bei der Vertreibung aus dem Paradies dem Adam zornig hinterher gerufen. Und was muss ich jetzt sehen, wenn ich über die Flure schreite? Die ersten Bauern sitzen vergnügt auf ihren Traktoren und überlassen das Schwitzen der Maschine! Und das Machtwort Gottes lassen sie einfach verpuffen. Geht von mir aus rüber nach Aftholderberg zum Eulogius-Ritt und lasst eure Rösser segnen! Aber gefälligst kein Traktorenlärm in Gottes Ohr!

»Hat der Tepf das auf sich sitzen lassen?«

»Natürlich nicht. Bei nächster Gelegenheit hat er es dem Pfarrer heimgezahlt.«

Der Tepf hat für die Leute Holz gesägt, nur spalten mussten sie noch selber. Die Kreissäge wurde über einen Riemen vom Bulldog angetrieben. Auch Hochwürden wollte auf die neue Annehmlichkeit nicht verzichten und bestellte den Tepf in den Pfarrhof zum Sägen.

Der Tepf kam, stieg nicht mal vom Lanz ab und sagte: Im Schweiße deines Angesichts sollst du dein Holz von Hand sägen! Behüt dich Gott!

Damals hat er den Pfarrer ganz schön am Glockenseil runtergelassen. Der Tepf war halt ein streitbarer Geist, der sich nicht unterkriegen ließ. Bis auf den heutigen Tag gehen sich die beiden sturen Böcke aus dem Weg. Nicht mal die tragische Geschichte um den vermissten Alfred brachte den Seelsorger wieder ins Spiel.

»Wenn überhaupt noch etwas die Seele des Alten berührt«, meint der Chef, »dann ist es der tiefe, warme Klang des Bulldogs.«

Bei uns auf dem Hof angekommen, setzt sich der Tepf zwischen dem Hausgarten und einer hohen Tanne ins Gras und wartet auf sein Mostpicknick. Schlepperfahren macht bekanntlich durstig. Es dauert nicht lange, bis neben ihm auf einer umgestülpten Obstkiste ein blauer Krug mit frisch gezapftem Most steht.

Anders als man es von einem *Moschtle*, einem gewohnheitsmäßigen Trinker, erwartet, kippt er das erste Glas nicht mit zitternder Hand in einem Zug runter, sondern leert es Schluck für Schluck und trinkt mit Kennermiene. Er beherrscht offenbar das Kunststück, die Flucht in den Alkohol mit Bedacht und bei klarem Verstand anzutreten. Der Tepf trinkt, aber er fängt langsam an und säuft nicht einfach drauflos.

»Anton, ich sag's nochmal: Du hast den anderen Bauern etwas voraus. Du machst den besten Most. Wie kriegst du das hin?«

»Ganz ohne Geheimrezept. Es ist eine alte Mostapfelsorte, die Schafsnasen. *Schofnäsler,* Bodenseeäpfel und Schweizer Birnen. Die Mischung kommt, wie du ja weißt, drüben in Kloster Wald *et Moschte,* in die Mosterei.«

Vorbei am Gartenhag, an dem Bohnen und Waldgeißblatt um die Wette klettern, zeigt der Chef auf einen großen Birnbaum, der allein mitten in der Viehweide steht. »In den 20er Jahren ist eine Großtante von der Otterswanger Seite zu Fuß und ohne Begleitung nach Einsiedeln gepilgert. Von dort hat sie einen Setzling als Zeichen der Fruchtbarkeit mitgebracht. Je älter der Baum wird, desto mehr entfalten die Birnen ihr volles Aroma.«

»So genau wollte ich es gar nicht wissen«, sagt der Tepf und wartet auf das zweite Krügle.

Der Most zeigt noch keine Wirkung; nur seine Nase verfärbt sich allmählich und erscheint vorgeglüht wie der Bulldogmotor kurz vor Erreichen der Zündtemperatur.

Während der Chef den Most holt, frage ich den Tepf, ob er das Lied auf seiner Mundharmonika spielen kann, das mir seit der Unterhaltung vor dem Kriegerdenkmal nicht mehr aus dem Kopf geht: »Sag mir, wo die Blumen sind.«

»Ja, ich kenne das Lied. Und es geht mir nahe, wie Marlene Dietrich es singt. Doch eigentlich spiele ich es nur, wenn niemand zuhört, *koiner loset*. Aber gut, ausnahmsweise.«

Dann nestelt er ein Etui aus dem *Kittelsack*, holt das Instrument heraus, entlockt ihm die leicht schwermütige Melodie und setzt es zwischendurch, *drundetnei*, ab, um zu singen:

Sag mir, wo die Männer sind,
zogen fort, der Krieg beginnt.
Wann wird man je verstehn?

Sag, wo die Soldaten sind,
wo sind sie geblieben?
Sag, wo die Soldaten sind,
was ist geschehn?

»Wann hast du das Lied zum letzten Mal gespielt?«

»Im zeitigen Frühjahr, noch vor Ostern, am Seeufer in Meersburg. Das Wetter war diesig, der Bodensee eine dampfende Suppenschüssel. Von den Schiffen ertönte das Nebelhorn, und ich sah nur schemenhaft, wer aussteigt.«

Aus dem Gewölbekeller, wo er die traurige Melodie noch leise gehört hat, kommt jetzt der Chef mit dem zweiten Krug. Wenn es um Musik geht, strebt Anton, der am liebsten im Kuhstall beim Melken singt, stets eine heitere Note an. Wenn schon die Lage am Boden ist, muss man nicht obendrein, *obadruff*, die Stimmung drücken.

Dem Blindflug der Fledermaus, mit dem der Tepf seine Lage vergleicht, setzt Anton einen Refrain aus der »Fledermaus« entgegen und singt im beschwingt-beschwipsten Dreivierteltakt:

»Glücklich ist, wer vergisst,
was doch nicht zu ändern ist.«

Wann wird man je verstehn? Oder: Wann wird man eh vergessen? Marlene Dietrich oder Johann Strauß. Der Most springt dem Walzerkönig zur Seite. Jetzt ist erst mal das Vergessen am Zug. Nach dem zweiten Krug legt sich der Tepf ins Gras, hält ein Nickerchen und lässt so das Mostpicknick ausklingen.

ZWEI REHBRAUNE AUGEN

Der alte Sandsteinbruch ist ein Platz, der Schutz vor neugierigen Augen bietet und nicht alle Geheimnisse preisgibt: Raststätte für fahrendes Volk, Rückzugsort für geheime Liebschaften, Kulisse für die Pfingst-Kirmes mit Hammellauf.

Heute ist der Bummel übern Rummel an der Reihe. Remmi und Demmi, Bockbiersäufer, Losverkäufer. Ramba und Zamba, Lebkuchenherz, schräger Scherz. Tingel und Tangel, Kirmesgänger an der Angel.

Zusammen mit dem *Budelewar* und dem *Gickerle* schlendere ich auf das Festgelände zu. Den Eingang bildet ein verzierter Torbogen. Darüber steht in gestochen scharfer Schrift die von einer blauen Wolke

umrahmte Zeile: HIER IST DES VOLKES WAH-
RER HIMMEL.

In meine Neugier mischt sich Vorsicht, denn ich hab'
die Mahnung vom Tepf, dem alten Mann mit dem Lanz
Bulldog, noch im Ohr. Obacht, Bürschle! Überall, wo
man vorne das Paradies in Aussicht stellt, geht hinten
einer mit dem Klingelbeutel rum. Näh den *Hosasack*
zu, bevor du in die Kirche oder auf den Rummel gehst!

An der Himmelspforte wartet ein Koberer, ein Grüß-
gott-August, auf die Besucher und ruft ihnen scherzhaft zu: »*Grüß Gott miteinand.* Heut könnt ihr mir alle
uf d'Kirbe komma!«

Halt! Ich habe mich getäuscht. Auf den zweiten
Blick sehe ich, dass der vermeintliche Kirmes-Koberer
in Wirklichkeit der Boss ist und den ganzen Laden
schmeißt. Als Schausteller und Schrotthändler kommt
er weit herum, streckt seine Metalldetektorennase in
alle Schuppen und Scheunen und ist unter dem Spitznamen »der Tänzer« bekannt. Ob er tanzen kann? Man
weiß es nicht. Jedenfalls umtanzt er stumpfe Pflugscharen, rostige Eggen, verstaubte Heuwender und andere
Mauerblümchen der modernen Landwirtschaft. Zuerst
(pflug-)scharwenzeln, dann den Schatz aus Metall heben,
rundrum drehen, Hacke, Spitze, eins, zwei, drei und ab
durch die Mitte. Alteisen-Polka.

Auf dem Hof verstaut er die Beute in seinem Borg-
ward Isabella Kombi, einem Fahrzeug für Jäger und
Sammler. Man sieht nicht, dass die Blechkiste aus verschiedenen Unfallwagen zusammengeschweißt ist.
Denn mit dem frisch gespritzten zweifarbigen Lack
glänzt sie wie ein Weihnachtsbaum. Um die schöne
Isabella wird der Tänzer beneidet.

Was in der Scheune so elegant beginnt, ist anschließend beim Großhändler leider nur zu schwankenden Materialpreisen in klingende Münze umzusetzen. Kein sicheres Geschäft, eher ein Tanz ums rostige Kalb.

Den Beinamen Tänzer hat er außerdem seinen Schmalzlocken zu verdanken, die er täglich mit einem Griff in den Pomadetopf bändigt. Die nach hinten gekämmten Wellen lassen ihn aussehen wie einen argentinischen Tangotänzer. Sicher ist ihm nicht entgangen, dass Pomade im Haar seit Ende der 50er Jahre aus der Mode ist, aber er bleibt bei seinem Markenzeichen.

Anton hört und sieht es gern, wenn der Alteisensammler bei uns auf dem Hof oder im Schopf rostiges Ackergerät umtanzt und dabei ausruft: Chef, haste mal 'ne alte Pflugschar? Chef, geht dir diese ausrangierte Egge nicht im Weg um? Chef, ich helf dir Platz zu schaffen für moderne Landmaschinen! Dreimal großer Chef. So wurde die Anrede, zugegeben auch ein wenig mit meiner Hilfe, für Anton zu seinem Übernamen.

Heute ist Feiertag, und der Tänzer geht ganz in seinem Zweitberuf als Schausteller auf. Er begleitet mich und das *Budelewar* samt *Gickerle* zur ersten Attraktion, zum Hau-den-Lukas. Auf dem Weg dorthin gabelt er eine Schubkarre auf, packt sie an einem der beiden Griffe, schwingt sie über den Kopf, setzt sie auf dem Kinn ab und jongliert damit freihändig bis ans Ziel. Vorwärts, rückwärts, seitwärts, ran – ein Schubkarrentanz aus dem Stegreif.

»Als Schausteller muss man mit allem jonglieren können«, kommentiert der Tänzer seine Einlage. »Jonglieren mit Schubkarren, Zahlen, Wörtern, Terminen. Sogar mit Behördenkram. Die Ämter lassen dich in der Luft hängen. Oft flattern Standgenehmigungen für die Kirmes buchstäblich in letzter Sekunde rein.«

Der Lukas, ein ausgehöhlter Pfosten, in dem die Kugel nach oben schießt, ist als fünf Meter hoher Marterpfahl gestaltet. Daneben steht ein Mädchen in einem Fransenkleid, die langen Haare zu zwei Zöpfen geflochten. Sie sieht aus wie Winnetous Schwester Nscho-tschi. Sie reicht denen, die dem Unhold unten auf die Zehen hauen wollen, bis es oben klingelt, den langstieligen Holzhammer mit der hingehauchten Bemerkung »Ihr Tomahawk, Sir!« Oder: »Ihr Tomahawk, Lady!«

Lady? Ja, auch Lady. Das Kriegsbeil wandert abwechselnd in Männer- und in Frauenhände, denn gerade ist ein Wettstreit zwischen Burschen und Mädels im Gange. Das neugierige *Gickerle* fliegt auf die Spitze des Marterpfahls, um das Kräftemessen aus der Vogelperspektive zu genießen. Die Frauen können unerwartet mithalten. Das wundert mich nicht wirklich, weil hier im Dorf das Holzspalten als Frauensache gilt. Wer darin geübt ist, mit Axt und Spaltklotz umzugehen, der kann auch dem Lukas Saures geben. Die Mannsbilder entfalten größere Kraft, die jedoch teilweise verpufft, während die Weibsbilder den Bogen raushaben, wie man mit geschicktem Körpereinsatz Wirkungstreffer setzt. Sie zeigen nicht nur dem Lukas, wo der Hammer hängt.

Ich ziehe es vor, der Kraftprobe aus dem Weg zu gehen, da ich meine Holzhauerqualitäten bis auf Weiteres als begrenzt einschätze. Ein Spaß mit hohem Blamage-Risiko. Es hätte mich aber durchaus in den Fingern gejuckt, aus der Hand des Apachenmädchens Nscho-tschi den Tomahawk entgegenzunehmen.

Mitten auf dem Platz kurbelt ein Sänger an einer Drehorgel. Er trägt trotz Nieselwetter eine Sonnenbrille und eine gelbe Binde mit drei großen, schwarzen Punkten am Oberarm. Den Farben nach könnte das die Kapitänsbinde von Borussia Dortmund sein. Die Orgel ist im Stil eines Bauernschranks bemalt. Auf dem himmelblauen Schmuckstück erkenne ich die Birnauer Wallfahrtskirche und den Schriftzug des Orgelbauers: *Raffin* – Überlingen. Ölgemälde, Messingbeschläge, Intarsien: Drunter machen's die Überlinger nicht, wenn sie einen Leierkasten zimmern. Montiert ist der edle Klangkörper auf einen alten Handwagen, der als Transportmittel für Milchkannen ausgedient hat und nach Lage der Dinge vom Tänzer auf einem Bauernhof »abgestaubt« wurde.

Angelockt werde ich von einem Kapuzineräffchen, das zu Späßen aufgelegt ist, dabei mit einem Hut herumhüpft und im Auftrag seines Meisters den Beifall in klingende Münze verwandelt.

Im Moment rollt der Bänkelsänger ein Wirtshauslied ab, das von einem blond gelockten Jäger auf Freiersfüßen und einer wunderschönen, zarten Kellnerin handelt:

Zwei rehbraune Augen,
die schau'n den Jäger an.
Zwei rehbraune Augen,
die er nie vergessen kann.

Es ist einer der seltenen Momente, in denen ich mit dem Allmächtigen im Himmel hadere. Mein Gott, was für ein erbärmliches Lied! Ein Hohn auf die Musik, den schönsten aller Götterfunken. Erst hast du den armen

Mann mit Blindheit geschlagen. Jetzt bestrafst du ihn auch noch mit schlechtem Musikgeschmack. Du bist schuld, wenn ich dem *Äffle nix i da Huat neiwerf* und das Tier deshalb heute Abend Stroh fressen muss! Wenn mich der Zorn packt, bete ich auf Schwäbisch. Und siehe da, es hilft.

Himmel und Hölle werden in Bewegung gesetzt, um eine andere Rolle einzulegen. Der Kapitän von Borussia Dortmund schafft das im Alleingang. Die Musik wirkt wie ausgewechselt, und die nächste Moritat sagt mir ausgesprochen zu. Sie handelt von einem gierigen Raffzahn und heimtückischen Mörder. Die Rede ist von Mackie Messer, dem Mann mit den Haifischzähnen, dem man nichts beweisen kann.

Denn die einen sind im Dunkeln
und die anderen sind im Licht.
Und man sieht die im Lichte,
die im Dunkeln sieht man nicht.

Als ich mich umdrehe, gönnt man dem Lukas eine Pause. Das Apachenmädchen steht jetzt auf der Kehrseite des Marterpfahls, der dort seiner ursprünglichen Zweckbestimmung gefährlich nahe kommt. Auf Nscho-tschi fliegen reihenweise Messer zu, um die eigene Achse wirbelnd, bevor sie sich, haarscharf an Haut und Haaren vorbei, mit der Spitze in den Marterpfahl bohren. Nichts für schwache Nerven. Das hört nicht auf, ehe die spitzen Klingen den Körper rundum markieren wie die Konturenzeichnung einer Leiche am Tatort. Zum Abschluss zischt ein Tomahawk ohrenstreifend ins Holz und bringt die Schöne schier um Zopf und Kragen.

Ich schaue ihr bei dieser waghalsigen Nummer in die Augen, aber sie zuckt nicht mit den Wimpern. Sie vertraut dem Werfer. Das Lied von vorhin hat mich nervös gemacht, doch das Mädchen hat keine Angst vor Mackie Messer.

Das *Gickerle* ist inzwischen von seinem Logenplatz auf der Marterpfahlspitze runtergeschwirrt und tappt mit dem *Budelewar* rüber zur Schießbude. Dort schüttelt es seine Federn, das ploppende Geräusch platzender Röhrchen behagt ihm nicht.

In der Bude steht eine ältere Frau mit gehäkeltem Kopftuch, beide Arme auf den Tresen gestützt. Die Alte drückt ein Auge zu, wenn die zahlende Kundschaft, kaum aus den Windeln in der Unterhose herausgewachsen, mit ihren Schießprügeln hantiert. Das verschafft den kleinen Strolchen die Gelegenheit, über Kimme und Korn auf weiße Tonröhrchen zu zielen und ihr mageres Taschengeld zu verpulvern. Jeder Treffer, jeder mit Anfängerglück abgeschossene Plunder, wird vom *Budelewar* mit Indianergeheul gefeiert, während die Frau die Beute mit spitzen Fingern anfasst und mit widerwilligem Ausdruck herausrückt. Vielleicht hat die gute Frau den Gewehrlauf leicht verbogen, damit der Schuss daneben geht. Und jetzt ärgert sie sich, weil das Verbiegen im umgekehrten Fall dazu führen kann, dass ein ungenauer Schuss zum Volltreffer wird.

Manchen Leuten kann man es einfach nicht recht machen. Meine Hosentasche bleibt an dieser Stelle zugenäht.

Die weißen Tonröhrchen sind aufgereiht wie Zähne in einem breiten Grinsegesicht. Der Tänzer schaut auf dem Festplatz gerade nach dem Rechten und bemerkt die großen Zahnlücken. Die alte Frau kommt mit dem Auffüllen und Nachstecken nicht hinterher. Kunstblumen müssen vollzählig sein. Wenn es aussieht wie ein ratzekahl leergerupftes Beet, wendet sich die Kundschaft ab. Geschossen wird nur, wenn es blüht wie auf der Mainau. Die Schießbude ist ein Ort, an dem es Blumen regnen muss. Der Tänzer hat einen Blick für so was.

»Wo drückt der Schuh?«

»Hexenschuss. Ich muss mich den ganzen Tag nach den runtergepurzelten Kunstblumen bücken. Davon hab' ich's im Kreuz.«

»Ich weiß, es ist ein Kreuz mit der Schießbude. Treffen die Leute zu wenig, geht die Stimmung flöten. Treffen sie zu viel, geht der Überschuss zum Teufel. Soll ich für dich Schießbudenbedarf nachbestellen?«

»Ja, ich brauch' Nachschub. Rosen. Jede Menge Rosen, alle Farben. Der größte Stoffel mausert sich hier auf einmal zum Rosenkavalier. Trotzdem bin ich knapp bei Kasse. Das Geld reicht nicht zum Leben und nicht zum Sterben. Hab' Wasser in den Beinen vom langen Stehen und brauch' dringend neue Stützstrümpfe. Woher nehmen, wenn nicht stehlen? Kannst du mir Zahlungsaufschub geben?«

»Später zahlen? Hmm. Ich bin Schausteller, kein Finanzjongleur und auch nicht die Caritas. Alle wollen auf der Schokoladenseite bummeln. Doch keiner sieht, wie mühsam ich die Knete dafür zusammenkratzen muss.«

Das Leben des Tänzers ist ein Lostopf. Drin sind ein paar Gewinne und viele Nieten. Das große Los ist nicht dabei. Aber weil es keinen anständigen Rummel

ohne Schießbude gibt, lenkt er mit einem aufmunternden Blick ein: »Ich guck' mal, was sich machen lässt.«

An der Schiffschaukel hat sich der Tänzer etwas Beson-
deres einfallen lassen. Vier Gondeln hängen nebenein-
ander an eisernen Stäben, aber nur für die rechte habe
ich Augen. Es ist die Überschlagschaukel. Diese hier
sieht nicht aus wie ein Boot, sondern wie ein Zeppelin. Es ist eine Einladung, nicht im Wasser zu schaukeln, sondern mit dem Luftschiff hoch über dem See
zu schweben und die Turbulenzen eines Überschlags
zu überstehen. Naja, diese Schiffschaukel ist bei Licht
besehen weiter nichts als die Kirmesausgabe eines Luftschiffs, geht allenfalls als »Zeppelin des kleinen Mannes«
durch, um einen Ausdruck des Schiffschaukelbremsers
zu gebrauchen. Doch das tut der Sache keinen Abbruch.
Wo sonst kann man sich für 50 Pfennig, *fir a Fuffzgerle*,
vor Freude mehrfach überschlagen?

Alle Gondeln haben einen Namen. Auf den Boo-
ten steht Mausi, Schatzi, Schnecke. Auf dem Luftschiff:
Graf Zeppelin.

In den drei einfachen Gestellen schaukeln sich fast
volljährige Burschen warm. Wahrscheinlich trainieren
sie für den großen Augenblick, in dem eine wirkliche
Mausi, Schatzi oder Schnecke daneben sitzt und den
tollen Hecht für seine mutigen Luftsprünge bewundert.

Nicht ohne Respekt betrete ich das Luftschiff, lasse
mich festzurren und mit einem kräftigen Schubs in
Bewegung setzen. Ich komme in Schwung, schaukle,
schwinge, tanze, sause, fliege, bis Herz und Moleküle
rasen:

Wie ein Zeppelin schweb' ich daher,
als ob ich aus Friedrichshafen wär'.

Als mich die Kräfte schon verlassen, gibt mir die Drehbewegung aus der Orgel frischen Mumm. Walzerklänge aus dem Überlinger Kasten beflügeln meine letzten Schwünge vor dem Überschlag.

Fast bin ich oben angekommen und steh' kopfüber, *untasiebesse*, in der Gondel, da wechselt die Musik, und ich hör' die alte Leier: *Zwei rehbraune Augen, die ich nie vergessen kann*. Diesmal in der Schweizer Version: *Zwöi rehbruni Ouge, wia i s nia vergessa cho*.

Schlagartig ist bei mir die Luft raus. Den Überschlag kann ich abschreiben. Auf den Höhenflug folgt der Durchhänger. Ausgeschaukelt. Schuld sind nur zwei rehbraune Augen.

Mit weichen Knien und nachwirkendem Schwindel gehe ich der Hauptattraktion der Pfingstkirmes entgegen: dem Hammellauf.

Alles, was im Dorf zwei Beine hat, das *Gickerle* darf man also mitrechnen, hat sich in einem großen Kreis aufgestellt und wartet darauf, den Hauptgewinn einzusacken und den Hammel nach Hause zu schleifen. Selbst die größten Streithammel, die sich sonst mit Bedacht (sprich: *mit Fleiß*) aus dem Weg gehen, reihen sich friedlich wie die Lämmer ein. Mit dem Startschuss setzt sich der Tross in Bewegung. Versteckt hinter einem Felsvorsprung feuert der Tänzer einen Schuss ab, und wer in diesem Moment auf die extra ausgelegte Schwelle tritt, ist der Glückspilz des Tages.

Heute ist es ein fünfjähriges Mädchen. Auf der kleinen Gewinnerin ruhen neidische Blicke, als sie zusammen mit dem Bürgermeister und dem Hammel für ein Foto posiert, das nach Pfingsten im Südkurier und in der Schwäbischen Zeitung erscheinen wird. Die große

Aufmachung im Lokalteil dürfte im Nachhinein (sprich: *hindadrei*) nochmal für drei Tage Ehre, Ruhm und Ortsgespräch reichen.

Alle Ereignisse in unserem Dorf kann ich lesen wie in einem offenen Buch. Nur die große Begeisterung für den Hammellauf bleibt mir ein Rätsel. Sagt mir, bitteschön, wer braucht heute noch einen Hammel? Die Antwort gehört zu den Geheimnissen, die der alte Steinbruch am Ortsrand für sich behält.

ES GIBT KEIN BIER AUF HAWAII

Aus dem Festzelt im alten Steinbruch dringt Tanzmusik.
Die heraustrompetete Fröhlichkeit legt sich als Klang-
wolke über das Dorf. Der Chef lässt mich aufsitzen
und tuckert mit dem alten Kramer, den gezackten Gaszug nur halb gezogen, den allmählich anschwellenden
Klängen entgegen. Er ist gespannt darauf, ob die neue
Combo »Rüssel und die Regenpfeifer« beim Publikum
einschlägt. Anton sieht sich bei Dorffesten nicht als
Stimmungskanone. Er wartet ab, bis die Gäste drinnen bei frisch gezapftem Bier auf Betriebstemperatur
sind. Wenn er schließlich da ist, singt und schwingt er
mit. Aber er schunkelt und schäkert mit angezogener
Handbremse.

Andere fiebern dem Waldfest entgegen, stehen pünktlich um acht mit scharrenden Hufen am Eingang und können es kaum erwarten, endlich mal wieder die Sau rauszulassen. Allen voran die Vollgasclique, die Halbstarken auf ihren 50-Kubik-Heulern aus der Schmiede von Hercules, Kreidler, Zündapp und Co. Die verzinkten Lieblinge, zur Feier des Tages frisch poliert und frisiert, müssen draußen warten wie Hunde vor der Metzgerei, während die bier- und tatendurstigen Herrchen Leben in die Bude bringen.

Drinnen ist es mittlerweile eng geworden, volles Haus. Die anderen Milchbauern und Landfrauen sind schon da, alles bekannte Gesichter. Wir quetschen uns irgendwo dazwischen und finden Platz im vorgewärmten Nest. Anton nimmt den Hut in die Hand und winkt hinauf auf die Bühne.

Dort macht sein Kumpel Rüssel, im weiten Umkreis bekannt als Bodenseeweinlieferant und Fahrer einer Franzosenkiste mit quiekenden Huptönen, gerade launige Ansagen übers Mikrofon. »Liebes Publikum, bevor es weitergeht im Programm, zunächst eine dringliche Durchsage: Der Fahrer des Kramers mit dem Kennzeichen SIG-E-518 soll seinen Traktor umgehend wegfahren. Du hast dein Fahrzeug, offenbar ein Vorkriegsmodell, auf einem Gullydeckel geparkt. Die Kanalarbeiter drunten im Schacht wollen jetzt Feierabend machen. Außerdem: Ich drücke dem Fahrer die Daumen, dass die alte Mühle anspringt. Sonst wird sie leider kostenpflichtig abgeschleppt.«

Wir sitzen selbst noch nicht richtig, und schon sitzt eine Pointe auf Kosten unseres alten Traktors. Anton und der Rüssel. Es bringt mich zum Lachen, wie das eingespielte Duo sich gegenseitig die Bälle zuwirft und dabei keine Witze auf oder hinter dem Rücken des anderen scheut. Kleine Frotzeleien erhalten die Freundschaft.

Der Rüssel trägt einen hellbraunen Frack über dem weißen Hemd, dazu eine gelb umrandete Brille, die wohl an die gelben Augenringe der Regenpfeifer erinnern soll, wippt kurz auf den Zehenspitzen und sagt mit weit ausholender Geste den nächsten Kracher an. »In Amerika ist alles größer und besser – fast alles. Eines ist bei uns ohne Zweifel größer: der Durst. Und besser als in Amerika ist bei uns das Bier. Über dem großen Teich gibt es kein Gögginger Bier. Und – stellt euch vor – auf einer schönen, heißen Insel gibt es überhaupt kein Bier!«

Kein Bier. Bei diesem Stichwort holen Rüssel und die Regenpfeifer tief Luft, die sie jetzt mit aufgeblasenen Backen in die aus Messing geformten Mundstücke pusten:

Es gibt kein Bier auf Hawaii, es gibt kein Bier.
Drum fahr' ich nicht nach Hawaii, drum bleib'
ich hier.
Es ist so heiß auf Hawaii, kein kühler Fleck
und nur vom Hula-hula geht der Durst nicht weg.

Über allen Bänken klirren die gläsernen Krüge aus Göggingen, doch der Rüssel hat ein Auge darauf, dass der Seewein nicht unter den Tisch fällt, sondern ebenfalls gefeiert, besungen und gebechert wird. *Die Fischerin vom Bodensee / ist eine schöne Maid, juchhee.* Juchhee und Bodensee – ein dummer Reim.

Erst steif und gehemmt, aber dann zunehmend federnd und ausgelassen fegen, stampfen, hopsen Tanzbären über die Bretter aus Tannenholz, die von einem Waldbauernhof mit angeschlossenem Sägewerk aus dem Nachbardorf Otterswang gesägt, glattgehobelt und geliefert wurden – und nun für ein paar Stunden die Welt bedeuten. Der Tanzboden bebt bei flotten Melodien aus den Zwanzigern und Dreißigern, die bei älteren Paaren längst erloschene Gefühle noch einmal aufflackern lassen. Silberhochzeitsmusik von Peter Igelhoff. Ein Name, der mir nichts sagt. *Ich bin ganz verschossen in deine Sommersprossen! Du bist ein Geschenk des Himmels, Luise. Lieber einmal zu viel als zu wenig geküsst.*

Mein Heimatort gibt mir alles – außer den richtigen Liedern. Die Hälfte der Pickel in meinem Gesicht verdanke ich der Pubertät, der Rest geht auf das Konto von Volks- und Heimatliedern. Ich kann schon Schlepper fahren und erreiche mit dem Fuß Kupplung und Bremse. Aber dummerweise stehe ich auch auf der Bremse, wenn es darum geht, verschossen oder verknallt zu sein. Die Melodien in diesem Festzelt setzen in mir jedenfalls nicht das Gefühl frei, Schmetterlinge im Bauch zu haben. Mehr als zu Hummeln im Hintern reicht es nicht. Der Tonspur, die mich eines fernen Tages hoffentlich ans Ziel führt, kann ich von hier aus nicht folgen. Auf der Suche nach unbekannten Klängen, die meine Hemmungen und Verklemmungen wie einen Korken aus der Flasche ziehen, muss ich irgendwann raus aus dem Zelt des vertrauten und geselligen Zusammenseins. Raus aus dem Gögginger Bierdunstkreis, bevor ich mich daran gewöhne. Aber wohin, wovon träumen? Der Bodensee liegt zu nah, da singt man die gleichen Lieder. Vielleicht Amerika? Es muss ja nicht das bierlose Hawaii sein.

Ich höre und sehe zwei Fäuste auf einer Flugbahn Richtung gegnerisches Kinn zischen. Nein, diesmal kein Geschenk des Himmels. Gib ihm Saures! Verpass ihm einen Satz heiße Ohren! Nimm ihn in den Schwitzkasten! Meine Nachbarn rutschen ungeduldig auf den Bierbänken hin und her und feuern die jungen Kampfhähne an. Es ist der Vorgeschmack auf eine wunderbare Schlägerei. Erst wird kräftig der Rost runtergemacht und draufgehämmert, dann in den Schraubstock geklemmt, poliert und schließlich umgenietet. Lieber einmal zu viel als zu wenig zugeschlagen. Da und dort ein Zahn gelockert, eine Rippe geprellt oder ein Gehirn erschüttert – nichts, was der guten Stimmung Abbruch täte. Der Tumult greift um sich, und wer ohne veilchenblaues Auge, blutige Nase oder gequetschte Eier herauskommt, kann später nicht behaupten, dass er dabei war. Gewinner und Verlierer sind nicht auseinanderzuhalten.

Anton, der Panzerveteran, spricht belustigt von einem »Gleichgewicht des Schreckens«.

Was sollen die jungen Burschen denn anderes machen, wenn sie nicht wissen, wohin mit ihrer Kraft? Wer bei seinem Schwarm einen Korb kassiert und abblitzt, dem bleibt weiter nichts übrig, als den lieben langen Abend ins Bierglas zu starren und dabei die Füße stillzuhalten. Kreuzen sich dann zu allem Überfluss rivalisierende Blicke auf das schöne Mädle mit den Sommersprossen, springt das arme Bürschle auf wie von der Tarantel gestochen und stürzt sich ins Getümmel.

»Eine köstliche Einlage der Dorfjugend! So eine schöne Balgerei sollte als Brauchtum gepflegt werden wie der Blumenteppich an Fronleichnam oder der Narrenumzug«, schwärmt eine Frau aus dem Nachbarsweiler. Prustend und prostend macht sie ihrer Freude Luft und schlägt einen Bogen zur Fasnet: »Dieses Waldfest ist eine *Mordsgaudi* und geht über den *Hemdglonkerball* am *schmotzigen Donnschtig.*«

»Ja, unbedingt!«, stimmt der Chef zu. »So eine Schlägerei gehört zu den ältesten Traditionen hier in der Gegend. Schon Abraham a Sancta Clara zählte einen Jahrmarkt ohne Hiebe zu den seltenen Dingen in der Welt.«

Wenn Anton in Gesprächslaune ist, was ebenfalls zu den seltenen Dingen gehört, greift er gern in ein Säckchen voller Abraham-Zitate mit Lebensweisheiten aus Kreenheinstetten wie andere nach einer Prise in der Schnupftabakdose.

Draußen steigt der Tepf von seinem alten Lanz Bulldog ab und betritt als später Gast auf schwankenden Beinen das Festzelt in der zutreffenden Annahme, dass um diese vorgerückte Stunde kein Eintritt mehr kassiert wird. Der alte Mostphilosoph, der sich in seiner Haut nur noch wohlfühlt, wenn er auf dem Traktor sitzt, tastet sich vor zu unserem Tisch, nimmt auf einem herbeigezauberten Klappstuhl Platz, lässt sich von Anton eine Meersburger Weißweinschorle spendieren und wischt die Regentropfen von seiner Lotsenmütze, denn es hat angefangen zu tröpfeln, *s rangelet.*

»Ein fröhliches Beisammensein, wie ich sehe«, hebt der U-Boot-Kriegsveteran an, »fast so fröhlich wie damals auf der Titanic, als die Passagiere oben auf dem Deck weiter tanzten, obwohl unten in den leckgeschlagenen Schiffsbauch bereits das Wasser drang. Mit dem Untergang vor Augen spielte die Bordkapelle *Näher mein Gott zu dir, näher zu dir.* Stattdessen sank der Luxusdampfer runter zum Teufel.«

Am Tisch lässt man den Untergangspropheten schwafeln. Anscheinend will keiner die düstere Anspielung hören, dass die Bauernhöfe demnächst in schweres Wasser geraten und die heimische Landwirtschaft auf einen Eisberg zusteuert.

»Aye-aye, Käpt'n! Melde gehorsamst: Eisberg voraus«, nimmt die Frau aus dem Nachbardorf den Schwarzmaler auf die Schippe.

Der Chef nimmt der ironischen Bemerkung sofort die Spitze. »Die Passagiere auf der Titanic waren, soweit ich weiß, auf der Überfahrt nach Amerika. Bei uns ist das anders. Von uns Bauern will keiner da rüber. Wir bleiben lieber hier.«

Die Waldfeststimmung erreicht ihren Siedepunkt. Wenn ich richtig sehe, trägt zum Aufheizen auch die Nestwärme einer Gemeinschaft bei, die nicht weiter reicht als bis zu den Kirchturmspitzen der umliegenden Ortschaften. Man haut sich schon mal gegenseitig übers Ohr oder wirft sich Schimpfwörter an den Kopf – *Huatsimpel, Hosalottle, Leimsiader, Schlappadengler, Schofseckel*! Aber wenn's drauf ankommt, lässt ein Bauer den anderen nicht im Regen stehen.

Dazu passen die Bilder aus vergangenen Zeiten, ausgebleicht und an den Ecken ausgefranst, die an unserem Biertisch herumgereicht werden wie frische Brezeln. Weißt du noch, damals? Damals – ein schönes Wort. Geteilte Erinnerungen, ungeteilte Freude. Stimmungsbilder. Darauf erkennt man Leute mit Strohhüten, Rechen oder Heugabeln und knüpft daran die Erinnerung, dass *mir Baueraleit* jahraus, jahrein nicht viel weiter kamen als mit dem Fuhrwerk auf den eigenen Acker. Im Alltag zogen sie enge Kreise und Furchen ums Dorf und verbrachten ihr Leben wie unter einer übergestülpten Käse- oder Kirchenglocke. Ihre Welt war eine Ackerfurche, ein Leben mit Hase und Igel. Warum denn in die Ferne schweifen? Hasenweiler, Igelswies, Gaisweiler, Otterswang liegen doch so nah. An Urlaub war gar nicht zu denken. Der jährliche Ausflug des Gesangvereins nach Konstanz, Lindau oder Bregenz gehörte ebenfalls zu den seltenen Dingen. Und dann, das Äußerste der Gefühle, von Bregenz aus mit der Seilbahn hoch auf den Berg. Von dort aus hatte man einen Panoramablick auf das Heimatgefühl. Es war zugleich ein Ausflug an die Grenzen der bekannten Welt.

Diese Fotos bilden das Landleben von heute – wir sind im Jahr 1965 – nicht mehr ab. Und die Träume von morgen stehen in den Sternen.

Langsam, aber sicher dreht sich die Welt auch bei uns. Wir lassen den Hula-Hoop-Reifen um unsere Hüften kreisen und freuen uns, wenn es rund geht. Das Landleben gewinnt an Schwung, kommt in Fahrt. Doch führt es wieder nur im Kreis herum, oder gibt es ein Ziel? Eine neue Richtung? Ein anderes Leben?

Die älteren Burschen können es nicht erwarten, bis sie die heiß begehrten *Bappadeckel*, die Lappen für Traktor, Moped, PKW und Motorrad, in der Tasche haben, *im Sack hond.* Die Begeisterung hallt lange nach. Man hört es am Krach und Getöse, mit dem Autotüren zuknallen und Auspuffrohre die ganze Dorfgemeinschaft grüßen. Ganz zu schweigen von den Vollgasorgien der Fuffzig-Kubik-Clique. Geräuschkonkurrenz für das Kirchengeläut. Und Konkurrenz belebt bekanntlich das Geschäft, lobte der Tepf neulich den Verkehrslärm. Der ist auf seinem Bulldog selber mit viel Tamtam und »Tepf-tepf-

tepf« unterwegs und kommt deshalb als Kronzeuge für ein ruhiges Landleben nicht in Betracht.

Der Chef hält sich da raus, *hot it 's Maul drin*, weil er wegen der bimmelnden Kuhglocken vorsichtshalber keine schlafenden Hunde wecken will.

Die Dorfjugend will sich aus dem Staub machen, wenigstens ab und zu. Leben wie streunende Katzen, nicht wie Hofhunde an der Kette.

Ich bin längst noch nicht auf dem Sprung vom Feldwegschwarzfahrer zum amtlich ausgewiesenen Verkehrsteilnehmer. Aber schon heute male ich mir in bunten Farben aus, was man am Steuer einer flotten Kiste erleben kann. Obwohl ich keinen blassen Schimmer davon habe, wohin die Reise einmal geht.

Manchmal springe ich in Gedanken zum Jule Vetter, der gleich nach seiner Bäckerlehre nach Amerika abdampfte und in Chicago Fuß gefasst hat. Vermisst er dort den Bodensee?

»Wenn ich zurückdenke an meine alte Heimat«, steht in schwarzer Druckschrift auf hellblauem Luftpostpapier, »fahre ich im Aufzug nach oben auf einen Wolkenkratzer und gucke hinaus auf den Michigansee. Eine schönere Aussicht auf Stadt und See gibt es nirgendwo, nicht mal auf dem Konstanzer Münsterturm.« Ein paar Zeilen weiter unten steht: »Hier in Amerika ist alles größer. Im Vergleich zu den großen Seen ist der Bodensee ein Tümpel.«

Für mich muss es ja nicht gleich Chicago sein. Aber ich hätte auch nichts dagegen, wenn in meinem Leben einmal etwas anderes an den Wolken kratzt als die Schweizer Berge hinter dem Bodensee. Zukunftsmusik.

Weiter im Takt mit Tanzmusik. Der Rüssel nennt das Waldfest einen »Höhepunkt im Jahresablauf« und spricht damit dem Publikum aus dem Herzen. Er findet die Stimmung einmalig schön, gerade jetzt, wo Regentropfen sanft aufs Zeltdach klopfen, schnipst mit den Fingern im Takt und gibt den Ring frei für die nächste Tanzrunde:

Das gibt's nur einmal, das kommt nicht wieder.
Das ist zu schön, um wahr zu sein.

Ein paar Melodien weiter weiß ich: Es darf nicht wahr sein, und es ist auch nicht wahr. Auf einmal sehe ich einen unbekannten, hünenhaften Burschen. Ein Kerl wie ein Mähdrescher, der die Umstehenden um seine Pranken wickelt als wären es Hafer- oder Roggenhalme, alles niedermäht, was sich ihm in den Weg stellt und Zufallsopfer wie gepresste Strohballen hinten wieder ausspuckt.

Einer erkennt den Mähdrescher und lässt einen Warnschrei los. »Der Büffel! Nix wie weg, kratzt die Kurve, es ist der Büffel!«

Der gefürchtete Präriebewohner ist ein ganz anderes Kaliber als die Radaubürschle aus unserem Dorf. Im Gedränge kriegt er drei Buben an den Wickel, ballt seine Wurstfinger zu einer Faust und lässt diese wie ein Vorschlaghammer von oben senkrecht auf die Köpfe krachen. Die armen Kerle werden wie Weidepfosten ungespitzt in den Boden gerammt. Da mischt einer das Fest regelrecht auf und tanzt auf der Rasierklinge zwischen Bierzeltschlägerei und Amoklauf. Die Lage ist brenzlig. Wenn der Grobian, Raubauz außer Rand und Band, noch weitere Gäste unterbuttert, legt er sich praktisch mit dem ganzen Dorf an, und die Feststimmung ist im Eimer. Höchste Zeit, dass ihm einer den Stecker zieht.

Oben auf der Bühne pfeift die Combo den »River-Kwai«-Marsch, die Erkennungsmelodie der Regenpfeifer. Am Ende schiebt der Rüssel die Spitzen von Daumen und Zeigefinger durch die Vorderzähne, pfeift auf den Fingern und sagt dann leise ins Mikrofon: »Milchbauern, übernehmt!«

Auf den Pfiff hin setzen sich fünf Männer in Bewegung, einer von ihnen hat einen Melkschlauch in der Hand. Die Büffeljagd beginnt. Vier Mann überrumpeln den Kerl mit den rohen Kräften, der auf Gegenwehr überhaupt nicht gefasst ist, drehen ihm die Arme auf den Rücken, lassen ihn den Tannenboden schmecken und umklammern ihn mit eisernem Zangengriff. Jetzt kommt der Melkschlauch zum Einsatz, es fließt die Milch bäuerlicher Wehrhaftigkeit. Der Schlauch kreist über dem Rücken des Riesen und geht dann – hula-hula – auf ihn nieder. Anschließend fiedelt das zweckentfremdete Gummiteil aus dem Kuhstall ordentlich auf dem Hinterteil, bis dort bestimmt kein kühler Fleck mehr ist. Die Milchbauern pauken ihre Milchbuben heraus. Und der Büffel ist der Einzige im Bierzelt, der jetzt lieber auf Hawaii wäre. »Seht nur, wie sein Gesicht ganz ohne Bier rot anläuft«, spottet der Ansager über das Mikrofon. »Man könnte fast meinen, dass das Stroh in seinem Kopf Feuer gefangen hat.«

Im Hinausbugsiertwerden gibt ihm der Rüssel von der Bühne herunter noch einen guten Rat mit auf den Heimweg: »Heute haben wir die Sache mit dir im Guten geregelt und Gnade vor Recht ergehen lassen.

Das nächste Mal machen wir – zickezacke, zickezacke – kurzen Prozess. Dann wirst du abgerieben und mit der Sauglocke rasiert!«

»Der hat ein Sauglück, dass er bei uns so pfleglich behandelt wird«, sagt einer an unserem Tisch, dem das Gögginger Bier langsam in den Kopf steigt. »Im *Wilda Weschta* hätten sie so einen auf Anhieb gelyncht, dem Störenfried ohne viel Federlesen eine Schlinge um den Hals gelegt und ihn am nächsten Baum aufgeknüpft.«

Nicht mit Anton. Zur kochenden Volksseele geht er auf Sicherheitsabstand. »Wir sind hier aber nicht im Wilden Westen. Der Rüssel hat genau das richtige Maß gefunden.«

Der Melkschlauch: reine Selbstverteidigung. Die Drohung mit der Sauglocke: wirkungsvolle Abschreckung. Das gab's nur einmal, der kommt nicht wieder.

Der Spottvogel am Mikrofon zeigt mit ausgestrecktem Arm auf Anton und kommt auf seine Ansage zurück. »Der Fahrer des Kramers vom Typ Allesschaffer wird dringend gebeten, seinen Traktor wieder auf den Gullydeckel zurückzustellen. Im Schacht befindet sich der Büffel zur Ausnüchterung bis morgen früh. Der Traktor wird gebraucht, um einem vorzeitigen Ausbruch einen Riegel vorzuschieben und im Übrigen die ganze Angelegenheit unter dem Deckel zu halten. Wir sind vorsichtige Leute, wir lassen nichts anbrennen!«

SCHULD WAR NUR DER BOSSA NOVA

Der Mainaugraf weiß nicht, was das Glück ist. Er würde aber darauf wetten, dass sich dabei alles um schnelle Autos und schöne Mädchen dreht. Die Sache hat leider einen Haken: Es ist nicht einfach, dieses rätselhafte Wonnegefühl beim Schopf zu packen. Den Grund dafür hört er gerade im Autoradio. »Das Glück ist immer unterwegs«, verrät Camillo, der Mann mit der dunklen Baritonstimme bei Radio Luxemburg.

Zur fröhlichen Musik aus dem Radio lässt der Mainaugraf die Tachonadel tanzen und brettert über Heiligenberg und Salem in Richtung Bodensee.

Auf seine sommerliche Spritztour an den See hat er mich heute mitgenommen, um seinen neuen Sportwagen vorzuführen, einen temperamentvollen Ford T 5 Mustang aus Amerika. Er zählt darauf, dass ich abends in der Molkerei beim Abliefern der Frischmilch brühwarm von seinen halsbrecherischen Fahrkünsten berichten werde. Von dort aus nimmt die Mundpropaganda ihren Lauf durchs Dorf und wird seinen Ruf als jugendlicher Draufgänger festigen.

Nicht umsonst hat er die Überholspur als ersten Wohnsitz angemeldet. Die anderen Verkehrsteilnehmer sieht er nur noch im Rückspiegel, ganz zu schweigen von den Bauern, die im Auto kaum schneller als auf dem Traktor unterwegs sind. Volles Karacho hier, *no it hudla* da.

Der Ami-Schlitten mit dem galoppierenden Wildpferd auf dem Kühlergrill ist außen blütenweiß lackiert und innen rosarot bezogen. Was könnte besser zur Blumeninsel Mainau passen?

Um dem Glück bei den schönen Mädchen auf die Sprünge zu helfen, gibt sich der Mustang-Fahrer als Spross des Blumengrafen vom Bodensee aus. Eine Inselerscheinung. Ein junger Märchengraf zum Dahinschmelzen. Kein ungehobelter Dorfbursche, der mit breitem Dialekt und schmalem Geldbeutel auf dem Traktor daherkommt. Zu schön, um wahr zu sein.

Der »Mainaugraf«, neben dem ich als Beifahrer gerade ungebremst auf die Ortstafel von Meersburg zuschieße, ist bei uns im Dorf nichts weiter als der Spitzname für einen aufgeplusterten Junggockel mit geschwollenem Kamm und großem Schnabel. Aber wer weiß, vielleicht lohnt es sich, dem Gockel mehr zu entlocken als die großen Töne, die er laufend ungefragt spuckt?

Er stellt seinen Ford Mustang direkt an einem Feuerwehrzugang zum See ab, nimmt einen knallroten Kunstlederball aus dem Kofferraum und tänzelt auf dem Uferweg entlang auf eine Obstwiese mit Kirschbäumen, *Criesebämm,* zu. Dabei jongliert er die »Kirsche«, wie er seinen roten Ball nennt, zwischen Fußspitze, Knie und Kopf hin und her und schafft es, sie die ganze Zeit in der Luft zu halten. Die Hände hat er frei für sein Kofferradio, das passend zur »Kirsche« gleichfalls mit rotem Kunstleder bespannt und auf Radio Luxemburg eingestellt ist. Der Mainaugraf trägt ein gelb-schwarzes Fußballtrikot mit der Rückennummer 11 und hängt heute die Sportskanone raus.

Neugierig mustere ich das Trikot und tippe: »Borussia Dortmund. Linksaußen. Emma.«

»Höchste Zeit, dass bei dir auch mal der Groschen fällt.«

Bevor wir uns dranmachen, einige Früchte abzustauben, ist eine Runde Fußballtraining angesagt. Trainingsgerät Kirschbaum. Zum Aufwärmen macht er Klimmzüge, hangelt sich von Ast zu Ast, übt Auf- und Umschwünge wie an einer Reckstange und kann von Glück sagen, dass niemand in der Nähe ist. *Näana näamig.*

Und er zeigt auf dem Kirschbaum Tricks, die ein guter Stürmer draufhaben muss. Zum Beispiel den Fallrückzieher. In der Ausgangsposition hängt er kopfüber, *untasiebese,* mit angewinkelten Beinen an einem Ast. Auf seinen Zuruf: »Gib mich die Kirsche!« werfe ich ihm den Ball zu. Blitzschnell greift er mit beiden Händen an den Ast, vollführt einen Aufschwung, streckt einen Fuß nach oben und schießt rückwärts fallend die

Kunstlederkugel zwischen zwei Stämme, die das Tor ersetzen.

Zum Schluss pflücken wir Kirschen, *dommer Criese rab*, setzen uns ans Ufer und spucken die Kerne in hohem Bogen ins Wasser. Er betrachtet das als sportliche Disziplin, bei der man abwechselnd Kirschkerne und große Töne um die Wette spuckt.

Der Mainaugraf zieht die Seeluft tief ein, bevor er seinen ersten Spruch klopft. »Wenn du im Leben die Nase vorn haben willst, musst du dich flink und trickreich in Szene setzen wie ein Bundesligastürmer im gegnerischen Strafraum, nicht langsam und behäbig wie ein Bauer auf dem Acker. Die vertuckern auf ihren Traktoren den Tag, hoffen, dass der Weizen schneller wächst, bloß weil sie am Halm ziehen, und warten ewig darauf, dass ihnen die richtige Frau über den Feldweg läuft.«

Bei diesem Spruch verschlucke ich glatt meinen ersten Kirschkern.

So ist die Sportskanone erneut am Zug: »Ich hab' meine größten Ziele gesteckt wie die vier Eckfahnen auf dem Sportplatz: Zack, schnelles Tor. Zack, schnelles Auto. Zack, schnelle Mark. Zack, schnelles Glück bei den Mädels.«

»Gut gespuckt, Lama!«

»Der Erfolg fängt damit an, dass du sportlich unterwegs bist. Ich meine jetzt nicht Emma, der von der Eckfahne aus mit dem linken Fuß den Ball direkt unter die Latte klebt. Ich rede vom Auto.«

Über nichts redet er lieber. Mit 101 Pferdestärken unter der Haube lässt sein Mustang die Muskeln spielen. Aus über drei Litern Hubraum schöpft er die Kraft für den gestreckten Galopp. Sechs Zylinder verleihen ihm die Spritzigkeit, die Tachonadel in den Wahnsinn zu treiben.

»Um einen heißen Reifen zu fahren, braucht das Auto Sonderausstattungen. Darauf legen Bauern keinen Wert.«

»Doch, doch«, halte ich dagegen. »Der Chef fährt statt Standard einen gehobenen VW Export.«

»Ich bitte dich!« Der Ponyreiter schüttelt abfällig den Kopf. »Vier PS über dem Standardmodell und eine Blumenvase, die mit einem Saugnapf am Armaturenbrett klebt. Kleinigkeit, was Bauern freut. Der Käfer deines Vaters ist nichts weiter als eine *No-it-hudla-Sche*ßa, eine Eile-mit-Weile-Kutsche, eine Trantüte auf Rädern. Weiß der Teufel, weshalb die meisten Bauern an so lahmen Krabbelkisten einen Narren gefressen haben.«

Nach diesem Seitenhieb kommt er schnell wieder zur Sache: »Kommst du drauf, welches Extra dem sportlichen Fahrer am meisten hilft, so richtig auf die Tube zu drücken?«

»Spuck's aus!«

»Das Autoradio. Wenn du volle Kanne aufdrehst, geht die flotte Musik in die Beine und überträgt sich automatisch aufs Gaspedal. Und schwuppdiwupp fliegt die Prärie wie im Rausch an dir vorbei.«

»Aha«, sage ich. »Temporausch.«

Das klingende Extra kann noch mehr. »Sitzt auf dem Beifahrersitz ein Mädchen, kannst du mit Musik viel leichter und schneller anbandeln.« Er legt den Zeigefinger auf die Lippen, als würde er einen Geheimtipp ausplaudern. »Du hältst am besten erst mal die Klappe und lässt die Hits aus dem Radio für dich sprechen.«

*Wenn die Cowboys tr*äumen. Liebeskummer lohnt sich nicht. Rote Lippen soll man küssen. Schuld war nur der Bossa Nova.

»Auf die Schwingungen kommt es an, die vom Lied ausgehen. Du kannst mit verschiedenen Sendern jonglieren, um rauszufinden, auf was dein neuer Schwarm anspringt. Sobald das Mädel mitsingt, weißt du, dass sie auf dich und deinen Schlitten abfährt.«

Ich bin nicht sicher, ob ich alles richtig verstanden habe. Findet er so das schnelle Glück bei den Mädchen? Unmöglich ist es nicht. Schließlich hat der »Emma« von Borussia Dortmund mehrfach aus chancenloser Position und unmöglichem Winkel die »Kirsche« direkt verwandelt. Und der geschwindelte Grafentitel, um zusätzlich Eindruck bei den Mädels zu schinden? Nicht mehr als eine Schwalbe im Strafraum.

Bei uns im Dorf gäbe es weniger alte Junggesellen, stichelt der Mainaugraf, wenn Radios bei den Traktoren serienmäßig eingebaut wären. Mit Musik auf dem Schlepper würde es einfach schneller funken. Und bei den Namen Linda, Erika und Sieglinde kämen den jungen Burschen nicht zuerst Kartoffelsorten in den Sinn.

Jetzt erst fällt ihm auf, dass er vergessen hat, das mitgebrachte Kofferradio anzustellen. Ohne erst an den Knöpfen zu drehen oder an der Antenne zu fummeln, erwischt er auf Anhieb die Taste für Radio Luxemburg. Die fröhlich plätschernden Melodien erlauben uns, die Kirschkerne im Takt zu versenken.

Der Radiosprecher stellt sich als Camillo vor und sagt das nächste Lied an. Dabei lässt er Wörter und Sätze auf der Zunge zergehen, als hätte er zum Mittagessen eine Schachtel Pralinen gefuttert. Ich genieße es, ihm zuzuhören.

»In Rio spielt sich das Leben am Strand ab«, sagt die Pralinenstimme im Radio. »Auch unter dem Zuckerhut ist das Leben kein Zuckerschlecken, aber die Leute kehren der Hektik den Rücken und nehmen sich Zeit für die schönen Dinge. In ihren farbenfroh lackierten Blechkarossen fahren sie langsam am Strand auf und ab. Ipanema. Copacabana. Sehen und gesehen werden – darum geht es auch im nächsten Song. Die Rede ist von einer Strandschönheit, gefeiert mit einer Melodie, die um die Welt geht: *Garota de Ipanema*, das Mädchen aus Ipanema. Der Anfang lässt sich ungefähr so ins Deutsche übertragen:

Schau, was für ein wunderschönes Geschöpf!
So voller Anmut ist dieses Mädchen,
das kommt und vorbeigeht,
mit sanftem Schwung auf dem Weg zum Meer.

Genießt diesen brasilianischen Bossa Nova, diesen sanften Schwung, der euch, liebe Hörer, langsam und leise eine Sehnsucht ins Ohr flüstert!«

Und jetzt das Lied aus dem Radio. Die flüsternde Stimme, die verhaltenen Klänge, der luftige Rhythmus erinnern an den sanften und zugleich abenteuerlichen Landeanflug des Zeppelins mit seinen zurückgeschalteten Maybach-Motoren. Für einen Augenblick fühlt es sich an wie eine Reise von Friedrichshafen nach Rio und zurück.

Wurde die »schnelle Mark« dem Mainaugraf in die Wiege gelegt? Der Apfel fällt nicht weit vom Stamm, meint der Chef.

Allerdings weiß keiner, wo in den Wirren der letzten Kriegstage seine Wiege stand. Von den Pflegeeltern in unserem Dorf, bei denen er aufgewachsen ist, hat er die rollende Münze jedenfalls nicht.

Der Chef sagt, dass man in diesem Haus jeden Roten zweimal umdreht, bevor man ihn ausgibt. Dort hat man wenig Glück im Stall. Mehr als einmal musste man den »Orsinger« kommen lassen, den Abdecker aus Orsingen. Der nimmt ein totes Kälble mit und lässt dafür einen mit Kernseife gefüllten Spankorb da. Der Duft der Seife verrät den Bauern in Not. Glück ist bei uns eine Frage des Geruchs. Glückliche Bauern riechen nach Pferde- oder Kuhstall, unglückliche nach Kernseife aus Orsingen. Notgedrungen regierte der langsame Pfennig den Hof, den der aus anderem Holz geschnitzte Mainaugraf auf der Stelle verließ, sobald er eigenes Geld in der Tasche hatte.

Seit einiger Zeit ist er als Handlungsreisender unterwegs und hausiert mit grün-weißen Staubsaugern der Marke Kobold. Spruchbeutel trifft Staubsaugerbeutel. Das trifft sich gut. Da rollt erst der Rubel und dann der neue Sportwagen.

»Wie läuft's denn so«, will ich wissen, »wenn ein Kobold einen Kobold verkauft?«

»Da gibt's große Unterschiede zwischen den Städten am See und den Dörfern dahinter.«

»Ach so?«

»In Konstanz oder Überlingen verschanzen sich die Leute wie in einer Burg mit hoch gezogener Zugbrücke.

Da muss ich als Beauftragter für Heimhygiene dreimal klingeln und wiederkommen, bevor sie mich einlassen. Aber bin ich erst mal drin, läuft's wie am Schnürchen.«

»Und auf dem Dorf?«

»Da ist es genau umgekehrt. Ich komm' ganz leicht rein, aber drinnen läuft's eher zäh. Du weißt ja, in den Bauernhäusern dreht keiner den Schlüssel rum. Kaum hab' ich angeklopft, schon hör' ich eine Stimme durch die Küchentür: Herein – es wird ja wohl kein Geißbock sein! Dann falle ich mit der Tür ins Haus und antworte: Nein, kein Geißbock, ganz im Gegenteil! Vor Ihnen steht ein Vertreter für Hygiene, Staub- und Geruchsfreiheit. Die meisten Landfrauen schütteln den Kopf, legen den Schürhaken nicht aus der Hand und sagen am Ende durch die Blume: Der Besuch eines Geißbocks wär' mir wahrscheinlich lieber gewesen.«

Beim Griff nach der schnellen Mark stellt sich hin und wieder eine Landfrau, *allamol a Baueraweib*, quer. Nicht mit allen ist gut Kirschen essen. Neulich hat dem Kobold in Kreenheinstetten eine Bäuerin neben dem Spätzleschaben her, ohne Brett und Hobel aus der Hand zu legen, ordentlich die Leviten gelesen.

»Mein lieber Freund und Kupferstecher! Glauben Sie im Ernst, dass man mit diesem Spielzeug ein Bauernhaus sauber kriegt? Es saugt gerade mal eine Filtertüte voll Staub ein. Aber hier fällt jede Woche eine Baggerschaufel voller Dreck, Schmutz und Unrat an. Haben Sie überhaupt eine Vorstellung von den Mengen? Meinem Mann, den Kindern und dem Hund klebt klumpenweise Dreck an den Stiefeln oder Pfoten, wenn sie aus Garten, Acker, Hof und Stall ins Haus kommen. Und erst bei Regenwetter: Überall

Pfützen, *Drecklacha,* durch die meine Kinder waten. Ganz zu schweigen von Kuhfladen, Katzendreck und Hennenmist. Rein ins Haus kommen sie barfuß oder mit Gummistiefeln, schmutziger als frisch aus dem Ackerboden gezogene Dickrüben. Was können Sie und Ihr Kobold schon ausrichten, wenn haufenweise nasser Dreck an Holz- und Steinböden klebt? Damit können Sie Schabernack treiben, aber kein Bauernhaus reinigen. Schlimmer als Schmutz sind die Fliegen, Mücken und Bremsen, die schwarmweise von den Misthaufen kommend in Küche, Kammer und Stube einfallen. Guter Mann, kommen Sie wieder, sobald Sie ein Patent auf einen Mückensauger angemeldet haben! Drehen Sie dieses nutzlose Gerät, *des nixnutzige Glump*, von mir aus einer Beamtengattin in Konstanz an, bei der es sowieso, *oinaweag*, nix zu saugen gibt. Ich sag's Ihnen auf den Kopf zu: Sie sind genau wie Ihr Staubsauger. Nichts weiter als ein aufgeblasener Beutel, der viel Lärm um nichts macht. Und jetzt halten Sie mich gefälligst nicht länger vom Schaffen ab! Sonst schab' ich Ihren Wunderbesen zusammen mit meinem Spätzleteig ins kochende Wasser. Mein Mann kommt gleich zum Mittagessen.«

»Hai-jai-jai. Da blieb dir wohl nur übrig, mit eingezogenem Schwanz einen Rückzieher zu machen.«

»Ein Rückzieher? Nein, ein Fallrückzieher! Ein Treffer in der Nachspielzeit.«

Im Rausgehen hat der Mainaugraf unter der Haustür fallen lassen, wie vielseitig der Kobold ist, sozusagen ein Allesschaffer. Mit einem Spezialaufsatz ist er sogar als Viehstriegel einsetzbar. Damit zaubert er den Kühen im Handumdrehen ratz-fatz ein glänzendes Fell.

Stets frisch gestriegelt macht das schöne Fleckvieh was her auf der Weide.

In dem Moment tauchte auf einmal der Bauer auf und sagte zur Bäuerin: »Habe ich richtig gehört, ein elektrischer Viehstriegel? Wenn du für den Staubsauger keine Verwendung im Haus hast, nehme ich ihn für den Stall. Abgemacht!«

Auf dem Heimweg vom Bodensee kehren wir kurz vor Kloster Wald zum Abschluss in der Wirtschaft *Zum Süßen Löchle* ein. In der Gaststube duftet es nach frisch gebackenen Kirschtörtchen. In der Musikbox kratzt die Nadel »*Schuld war nur der Bossa Nova*« aus den Plattenrillen. Diesen Schlager find ich gut, denn ich hab' eine Schwäche für schöne Ausreden.

Der Mainaugraf ist Stammgast. Hier kennt man offenbar sein großes Maul und seine kleinen Marotten. Das nimmt ihm an der Stelle keiner krumm. Der schnelle Mann im gelb-schwarzen Fußballtrikot und mit Kickschuhen an den Füßen winkt zur Theke hin und bestellt mit den Worten: »Gib mich die Kirsche!«

Die Wirtin bringt ein Kirschtörtchen für mich und ein Gläschen Kirschwasser für den Sportsfreund.

Heimzu drückt er derart auf die Tube, dass mir nur Zeit für eine einzige Frage bleibt. »Was hat es mit dem komischen Namen *Süßlöchle* auf sich?«

»Der Name erinnert an einen Bauern, der für seine Eselsgeduld bekannt war. Einmal soll er seine Kuh erst vorne mit Zuckerrüben gefüttert und dann hinten so lange geschleckt haben, bis es süß rausgekommen ist.«

»Lecko mio!

MEIN SCHIMMEL WARTET IM HIMMEL

Hinter unserem Haus führt ein Feldweg über eine sanfte Anhöhe geradewegs in ein 643 Morgen großes Stück vom Paradies. Dieser Feldweg ist freilich bloß der Gärtnereingang, den die Hiesigen, *mir Baueraleit*, nehmen, um das Paradies in Schuss zu halten. Der Randenwald, der sich dort befindet, braucht keinen Förster. Denn alle richten sich nach dem Holzrücker Alois, dem »Holzwiesele«.

Trotzdem hat der Holzrücker neuerdings einen schweren Stand. Im Gemeinderat werden Stimmen laut, den Holzwiesele und seine Rückepferde in absehbarer Zeit durch einen schweren Spezialtraktor mit Seilwinde zu ersetzen.

Es ist Sonntagnachmittag. Der Chef mäht mit schwungvollen, halbkreisförmigen Bewegungen Brennnesseln, die ihm schon die ganze Woche über ein Dorn im Auge waren. Im Grünstreifen zwischen dem ummauerten Misthaufen, der *Mischte*, und dem Feldweg Richtung Randenwald hält er mit der Sense gerade das Unkraut in Schach, als eine Kutsche neben ihm hält.

»Brrr. *Eee-ha.*« Der Holzwiesele zieht die Zügel an und bringt die beiden Rösser zum Stehen. Mit einer schaufelnden Handbewegung lädt er den Chef und mich zu einer Fahrt in seiner *Scheßa* ein.

Die Kutsche braucht noch mehr Gewicht. Seine Füchse müssen fürs *Holzschleupfa*, fürs Rausziehen der Stämme, in Übung bleiben.

»Was tut man nicht alles für dich und deine Rösser«, gibt der Chef im Aufsteigen fröhlich zurück.

Zu den Schwarzwälder Kaltblutpferden mit ihren wallenden weißen Mähnen fällt mir ein Liedchen ein:

Ich hab' Ehrfurcht vor schneeweißen Haaren.
Sie krönen die Arbeit von Jahren.

Ich weiß, Camillo Felgen von Radio Luxemburg hat dabei sein altersschwaches Mütterle im Sinn. Aber ich hab' die weißen Mähnen dieser zugkräftigen Rösser direkt vor meinen Augen.

Der Holzwiesele ist nicht sonderlich gesprächig. Dafür beherrscht er ein Dutzend Arten, mit der Peitsche zu knallen. So verständigt er sich mit seinen Rössern. Im Umgang mit den Waldarbeitern und Bauern genügt ihm ein »Heilandsak«, mit dem er je nach Tonlage Fluch oder Freude, Scheitern oder Gelingen bekundet. Weil Heilandsak ein langes Wort ist, zieht er es meistens zu einem kurzen *Heizack* zusammen. Höchstes Lob aus seinem Mund ist ein dreifaches Heizack, Heizack, Heizack. Der Holzwiesele ist ein zupackender Mann, der unterwegs im Wald lange Baumstämme und kurze Wörter herausrückt.

In der Kutsche sitzt ein weiterer Fahrgast, der seine hellbraune Mähne höchst eigenwillig in Form gebracht hat. Vom Kahlschlag auf seinem Kopf bleibt nur ein Haarkranz übrig. Oberhalb und unterhalb dieses Kranzes schimmert eine sorgfältig rasierte Glatze. Sie gehört dem Klosterbruder Waldemar. Er trägt eine braune Franziskaner-Kutte mit Kapuze, seine Füße stecken in Jesus-Latschen. Der Chef und ich kennen ihn bereits. Bruder Waldemar befolgt die Regel der »minderen Brüder«, ab und zu bei begüterten Bauern anzuklopfen und um eine milde Gabe zu bitten. Bei solchen Anlässen gibt's von uns einen Scheffel Weizen oder Roggen. Nichts könnte verkehrter sein, als diesen Mann nach seinem armseligen Auftreten zu beurteilen. Weit über die Bodenseeregion und das Allgäu hinaus eilt ihm der Ruf eines Wunderheilers voraus. Und obwohl der begnadete Praktiker der Heilkunst nur Spenden dankbarer Patienten annimmt, sitzt der Bettelorden auf einer Goldmine.

Der geschorene Beinahe-Glatzkopf steht dem Mann ausgesprochen gut, wie ich finde. Nicht nur seine Haare, sein ganzes Leben bürstet er gegen den Strich. Als Wunderheiler könnte er ein Leben in Saus und Braus führen. Stattdessen unterwirft er sich aus freien Stücken den Regeln von Armut, Keuschheit und Gehorsam. Das Wirtschaftswunder reicht die Sahnetorte herum, aber er begnügt sich mit den Brosamen.

Wenn die Haare etwas darüber aussagen, was im Kopf drunter vor sich geht, wird es für mich Zeit, etwas zu ändern. Noch verpasst mir der Chef mit seiner Schneidemaschine einen Kurzhaarschnitt. Um jeden Zentimeter muss man feilschen wie ein Scherenschleifer, damit keine Meckifrisur draus wird. Das Zurechtgestutzte und Kurzgehaltene ist aber, wenn ich mir's recht überlege, nicht mein Ding. Neulich habe ich ein Bild gesehen von den Musikern aus Liverpool mit ihren Pilzköpfen. In die Richtung könnte es gehen.

»Von eurem Randenwald habe ich auf den Bauernhöfen viel gehört«, sagt Waldemar. »Viel von seiner heilenden Wirkung für die Menschen. Und viel von seiner heilenden Wirkung für die Gemeindekasse. Ein Segen in jeder Hinsicht. Gibt es ein schöneres Ziel für eine Kutschfahrt am Sonntagnachmittag?«

»Die Leute in der Stadt denken«, antwortet der Chef, »so ein Wald ist ein Garten Eden vor unserer Haustür. Wie die Mainau, nur bei freiem Eintritt.«

»Heizack«, stimmt der Kutscher zu und knallt mit der Peitsche. Die Pferde biegen jetzt links ab Richtung Gemeindewald.

In unserem Wald steckt 'ne Menge Arbeit. Nach dem Krieg hat's hier schlimm ausgesehen. Stellenweise war's im Wald genauso kahl wie bei Bruder Waldemar auf dem Kopf. Der Borkenkäfer führte sich als Oberförster auf. Und die Franzosenhiebe ins gesunde Holz waren gefürchtet. Ja, der Käfer und der Franzos haben den Bäumen gehörig zugesetzt.

»Was habt ihr unternommen?«, will Waldemar wissen.

»Aufgeforstet wurde mit allem, was in der rauen Höhenlage wächst und das Regenwetter verträgt«, erklärt der Chef. Der Alois, ein gutes Stück jünger als Anton, hat seinerzeit als Schulbub kräftig mit angepackt.

Hauptsächlich Rot- und Weißtannen, Eichen und Buchen. Dazu Douglasien, Lärchen, Kiefern, Birken, Eschen, Ahorn. Zwischendrin, *drundet dinna*, Wildkirsche und Vogelbeerbäume.

»*'n Haufa Zeig*, ne Menge Holz, wie ihr seht«, sagt der Chef und denkt dabei ans Bürgerholz, auf das er kostenlos zugreifen kann.

Der Waldboden wird allmählich weicher. Das letzte Stück zur Quelle des Jordanbachs gehen wir zu Fuß. Der Wunderheiler hat seine Sandalen ausgezogen, wandelt barfuß und behutsam über die grünen Wogen aus Moos und Waldmeister wie einst Jesus über den See Genezareth und schöpft mit der hohlen Hand einen Schluck Quellwasser. »Ah«, sagt der Naturgenießer und nimmt einen zweiten Schluck. »Ah. Die reinste Medizin. Eine Quelle der Gesundheit. Nur ein Viertelstündchen entfernt von den Sorgen des Alltags.«

Aber den Holzrücker holen genau hier seine Sorgen ein. Hier steht er an der Quelle seiner schlimmsten Befürchtungen.

»Stellt euch vor«, flüstert Waldemar, als wolle er die umstehenden Bäume nicht erschrecken. »In Zukunft werden diese Baumstämme nicht mehr von Rössern gerückt, *rausgschleupft*, sondern mit schwerem Gerät abgeholzt und abgeführt. Das heißt: Platz schaffen für tonnenschwere Spezialschlepper. Hinterher Schneisen der Verwüstung. Festgefahrener Waldboden. Zerstörte Wasserläufe. Wenn's dumm läuft, versiegt die Frischwasserquelle für Mensch und Vieh im Dorf.«

»*Heizack*!«, ruft der Holzwiesele. Diesmal ist es eindeutig ein zorniger Fluch.

»Technischer Fortschritt aus dem Geist menschlicher Überheblichkeit«, sagt kopfschüttelnd der Franziskaner. »Eine Missachtung gegenüber Bruder Baum und Schwester Quelle. Und obendrein eine Geringschätzung deiner Pferde. Prächtige Geschöpfe Gottes. Lasst euch nicht blenden von der Technik.«

»Das muss verhindert werden«, sagt der Chef.

»Aber wie?«

»Ich red' mit dem Hirschenwirt.« Der Chef will die Sache mit dem schweren Gerät im Wald beim nächsten Milchzahltag zur Sprache bringen. Und im Hirschen Stimmung machen, bevor der Gemeinderat auf dumme Gedanken kommt. Wenn du die Milchbauern auf deiner Seite hast, kann bei uns im Ort nichts mehr schiefgehen. Gegen die Milchbauern kommt keiner an.

»*Heizack*, *Heizack*!« Mit diesen zwei Wörtern verschafft sich der Holzrücker Erleichterung und putzt sich die Nase nach Art unserer Waldarbeiter. Er holt tief Luft, drückt mit dem Daumen einen Nasenflügel zu – und mit dem druckvollen Ausatmen löst sich der *Rotzkengel* rückstandslos aus der verstopften Nase, bevor er schnurgerade wie ein Glockenseil zu Boden fällt. Wer den ganzen Tag im Wald arbeitet, braucht das saubere Taschentuch, *Sacktuach*, für den Schweiß auf der Stirn, statt es für den Rotz aus der Nase zu verschwenden.

»So finster, *zappaduschter*, sind die Aussichten nicht«, beruhigt der Chef. »Der Hirschenwirt kann's mit den Leuten.«

Wenn der Wirt ihnen sagt, die Rückepferde schonen die Natur, zucken sie mit den Schultern. Wenn der

ihnen aber sagt, die Rückepferde schonen den Geldbeutel, *losed se*, hören alle zu.

Das Wasser für Mensch und Vieh kommt aus der
Jordanbach-Quelle im Randenwald. Bisher zahlt jedes
Haus pauschal 35 Mark im Jahr fürs Wasser. Unabhängig
vom Verbrauch, Viehställe inbegriffen. An diesem Punkt
hakt der Chef ein. »Der günstige Wasserpreis wird sofort
in die Höhe schießen, wenn die Quelle versiegt. Sind
euch schwere Maschinen im Wald dieses Risiko wert?«

Zum Schluss soll der Hirschenwirt den Bauern das
dicke Ende vor Augen führen: Unser Dorf müsste an
die Bodensee-Wasserleitung angeschlossen werden. In
jeden Stall werden Wasserzähler gehängt. Jedes Stück
Vieh kostet euch ab dem ersten Schluck bares Geld. Ein
durstiger *Häge* wär' imstand, euch in den Ruin zu saufen.

Aha. Wenn das so ist, denke ich. Dann fällt wohl beim
Letzten der Groschen, dass Rösser beim *Holzschleupfa*
im Wald doch nicht überholt sind.

Auf der Weiterfahrt erzählt Wunderheiler Waldemar
mit wachsender Begeisterung und immer tieferen Atem-
zügen von der wohltuenden Wirkung, ja, der heilsamen
Kraft des Waldes. Die werde von der modernen Medizin mit ihren Pillen und Apparaten sträflich unterschätzt.
Es gehe nicht darum, nach Art eines Kräuterweibleins
Blüten, Beeren und Heilkräuter zu pflücken und damit
die Hausapotheke zu bestücken. »Den Ausschlag gibt
der regelmäßige Aufenthalt im Wald.«

»Wir Bauern gehen nicht spazieren«, gibt der Chef zu
bedenken. Auch nicht im Wald. Bei uns geht man nur
in den Wald, wenn man etwas vorhat. Reisschlag. Him-
beerpflücken. Bürgerholz aufladen. Dem alten Jäger helfen, den Hochsitz herzurichten.

»Manche Patienten müssen einfach an die frische Luft. Waldluft tut gut.« Waldemar lässt sich nicht ablenken. »Schaut euch den Hirschenwirt an. Den bringt ihr noch unter den Boden mit dem Zigarettenqualm und den Rauchschwaden in der Gaststube. Dabei raucht er nicht mal selber. Ein heimtückisches Mordinstrument, dieser Glimmstängel! Wenn der Wirt gesund bleiben will, sollte er zum Ausgleich täglich eine Stunde in den Wald.«

»Was bringt ihm das?«

»In diesem Garten Eden – wir minderen Brüder nennen ihn Bruder Wald – öffnen sich die Sinne. Wir sehen die Schönheit des Lichteinfalls und den Abwechslungsreichtum von Laub- und Nadelbäumen. Wir hören die vielfältigen Melodien der Singvögel und den Takt der Spechte. Wir riechen würzige Aromen und atmen mit der frischen Luft heilsame Düfte ein. Statt über geteerte Wege zu gehen, tasten wir uns im Wald auf natürlichem Boden vorwärts, abwechselnd über feuchte Moosteppiche und trockene Sandhaufen. Ein herrliches Gefühl, wenn beim Barfußlaufen feinster Sand durch die Zehen rieselt!«

Der Lobgesang auf den Bruder Wald wird unterbrochen: »Die größte Heilpflanze im Wald«, behaupte ich, »ist in den Augen aller älteren Dorfbewohner der Haselstrauch.«

»Der Haselstrauch?«

»Jawohl«, antworte ich. »Von dem schneiden Pfarrer, Lehrer und Väter ihre Ruten. Diese Ruten entfalten nach Meinung der Alten wunderbare Heilkraft für faule Schüler oder freche Rotzlöffel, wenn man ihnen damit den Hosenboden strammzieht und *da Hindera vasohlet*.«

»Diese Stockhiebe kommen bei uns zum Glück langsam aus der Mode«, spielt der Chef die veraltete Methode gegenüber Bruder Waldemar herunter.

Der Chef lässt nicht locker, *loht it luck*. Er verspricht sich wenig davon, bei ungezogenen Kindern Ruten sprechen zu lassen. Sobald sie größer werden, erreichst du mit dem Stock nur noch den Hintern. Nicht mehr Kopf und Hirn. Für ihn als Vater ist Erziehung wie ein Spiel am Flipperkasten: Er schießt die Kugel ins abschüssige Spielfeld. Sobald sie im Spiel ist, kann er nicht mehr beeinflussen, welchen Weg sie nimmt, in welche Mulde sie fällt oder welches Ziel sie trifft.

»Aber dort, wo die Leute vom alten Schlag das Sagen haben«, wende ich ein, »wird auch bei uns im Dorf nach anderen Regeln gespielt. Auf beiden Seiten gibt's einen Flipperhebel, den man im richtigen Moment betätigt. Diese Hebel sind die Ohrfeigen, die du deiner richtungslosen Kugel links und rechts verpassen kannst. So lenkst du das Bürschle wieder in die richtige Bahn.«

»Was denkt Ihr?«, wendet sich der Chef hilfesuchend an Waldemar.

»Als Franziskaner betrachte ich einen Stockhieb aus der Sicht von Bruder Haselstrauch. Da sind Sanftmut und Milde am Platz. Wer weiß, vielleicht tut der Hieb ja auch der Rute weh.«

»Und die Ohrfeige?«

»Gegen einen Satz heiße Ohren habe ich nichts einzuwenden, im Gegenteil. Jesus sagt: Eine Ohrfeige ist nicht genug. Er rät dazu, um eine zweite zu betteln. Ihr kennt ja seinen Spruch: Wenn dir einer auf die rechte Backe schlägt, dann halt ihm auch die linke hin.«

»*Heizack*«, bruttelt der Holzwiesele gelangweilt, den im Wald ganz andere Dinge interessieren als die heilende

Wirkung von Haselruten. Unverhofft dreht er sich um und stellt dem Franziskaner eine Frage: »Warum dürfen Rösser nicht in den Himmel?«

Es führt keine Stalltür ins Paradies, heißt es in der Kirche. Der Messias hat am Kreuz die Menschen erlöst. Nur die haben eine unsterbliche Seele. Deswegen spricht man davon, dass der Mensch stirbt, aber das Vieh verreckt. Und wer verreckt, der nimmt nicht teil am ewigen Leben. Der geistliche Rat an die Pferdebauern: Lasst beim Eulogi-Fest drüben in Aftholderberg eure Rösser segnen! Aber der Segen gilt nicht als Eintrittskarte in den Himmel. Tut mir leid, über den Wolken gibt's keine Pferdekoppel.

Der Holzwiesele hofft inständig, der Klosterbruder könnte die Sache anders deuten. Schließlich geht er als Holzrücker mit seinen Tieren gemeinsam durch dick und dünn. Da leuchtet es nicht ein, dass ausgerechnet die Himmelspforte zum Nadelöhr wird.

An seiner Stelle würde ich bohrende Fragen stellen. »Mann Gottes, was soll ich im Himmel ohne meine Rösser, ohne meine Schwarzwälder Füchse? Was ist das Alleluja der Engel gegen das Wiehern der Pferde?«

Während sich Waldemar die Antwort überlegt, kriecht mir ein alberner Schlager von Gus Backus ins Ohr: Mein Schimmel wartet im Himmel.

»Kein Grund zur Sorge«, beruhigt ihn der Mann in der braunen Kapuzenkutte. »Der Himmel steht auch deinen Pferden offen. In diesem Punkt widersprechen wir Franziskaner dem Papst und dem Vatikan in Rom. Gott bewahrt seine ganze Schöpfung. Der heilige Franz von Assisi hat die frohe Botschaft vom Weiterleben nach dem Tod den Vögeln gepredigt. Bei dieser Vogelpredigt haben die gefiederten Brüder und Schwestern aufmerksam zugehört.«

»Das haben die Vögel uns Bauern voraus«, zwitschert der Chef dazwischen. »Wir dösen während der Predigt meistens vor uns hin.«

»Obacht, nur wer zuhört, wird erlöst!«, gibt Waldemar scherzhaft zurück und fährt ernsthaft fort: »Niemand hat das Recht, Tiere als seelenlose Geschöpfe abzustempeln. Pferde sind mit uns Menschen nahe verwandt. Sie leben und arbeiten eng mit uns zusammen. Rösser und die anderen Tiere verdienen unsere Achtung. Wenn wir nicht aufpassen, werden sie nach und nach aussterben. Weil für sie neben all den Maschinen und künstlichen Dingen kein Platz zum Leben bleibt.«

»Heizack! Heizack! Heizack!« Der Holzwiesele knallt fröhlich mit der Peitsche. Jetzt wissen auch seine Pferde Bescheid.

Die Schwarzwälder Füchse ziehen die Kutsche auf dem Rückweg mühelos aus dem Randenwald heraus. Der Waldweg geht wieder in den Feldweg über. Gleich geht es rechts – *hott rum* – ins Dorf rüber.

In der Ferne wird der Blick gefangen vom uralten Johannesturm in Buchheim auf dem Heuberg. Der vierschrötige *Buachemer Hans* gilt dem Chef als Wahrzeichen der Wehrhaftigkeit unserer Heimat.

Der Chef interessiert sich in diesem Moment nicht für den Turm in der Ferne, sondern für einen moosgrünen 220er Mercedes mit auswärtigem Nummernschild am Waldrand.

»Ich weiß nicht, ob der Mercedesfahrer hier ist, um frische Waldluft zu schnappen«, sagt Anton mit nachdenklicher Miene. »So einer geht nicht einfach spazieren, der hat bestimmt etwas vor. Vielleicht wittert er hier im Randenwald ein dickes Geschäft.«

»Was für ein Geschäft?«, fragt Bruder Waldemar. »Der kann ja aus Baumrinden kein Gold spinnen.«

Der Wunderheiler hat vorhin selbst gesagt: Ein herrliches Gefühl, wenn beim Barfußlaufen feinster Sand durch die Zehen rieselt. Feiner Sand und feine Limousine.

Anton hört das Gras wachsen: »Das ist sicher auch dem Mercedesfahrer aufgefallen. Ja, direkt unter einer dünnen Humusdecke steckt ein riesiges Quarzsandvorkommen. Das wird demnächst vermessen.«

»Heilandsak!«

»Ja, manche Menschen sind vermessen. Sie halten sich für die Krone der Schöpfung«, bemerkt Waldemar mit christlichem Schulterzucken. »Und schon gibt es noch so ein Paradies auf Erden, das auf Sand gebaut ist.«

Wenn wir Pech haben, denke ich, wird in einigen Jahren unser schöner Randenwald dem Sand- und Kiesabbau geopfert. Und das Naturparadies vor unserer Haustür verwandelt sich in eine Mondlandschaft.

»Wenn wir Glück haben«, antwortet Anton dem Klosterbruder, »können wir's verhindern und der Kelch geht an uns vorüber.«

Beim Aussteigen aus der Kutsche denke ich: Dem Chef ist es nicht so wichtig, ob Rösser in den Himmel kommen. Hauptsache, die Totengräber unseres Randenwalds schmoren beizeiten in der Hölle, bevor sie zum Spaten greifen können.

MR. TAMBOURINE MAN

Der See lockt alle – bis auf den roten Onkel. Der widersteht dem Lockruf und fährt nur selten an den Bodensee. Und wenn er doch fährt, steigt er so gut wie nie aus, sondern hüpft in seinem beigen Goggo Zweitakter mit 14 PS schwerfällig wie eine Kröte über die Uferstraße am See entlang. Aus seiner Krötenperspektive traut er den Wirtsleuten nicht über den Weg, die mit langem Schnabel gierig nach den Ausflüglern schnappen. Überall sieht er *Schnabelgiere* am Werk. In diesem verflixten Paradies gibt es keinen Genuss ohne Reue, von Äpfeln abgesehen. Denn rund um den Bodensee herrscht das Gesetz der Spekulanten, Fallensteller und Bauernfänger. Der rote Onkel bürstet gern gegen den Strich. Der Bodensee erfreut sich steigender Beliebtheit, aber der Goggofahrer ist ein Spezialist für die Kehrseiten der Medaille. Freudig zeigt er auf Speisekarten mit unverschämten Preisen, genüsslich legt er den Finger in die Wunde, die ein Bauprojekt aufgerissen hat, lustvoll steigert er sich in unhaltbare Zustände hinein. Der rote Onkel gilt als Meckerkönig, der sein Amt genießt und mit süß-saurer Äppelwoi-Miene das Kritikzepter schwingt.

Unsere Leute interessieren sich nur für den Goggo. Hubraumschwach, nicht mal 250 Kubik. Traktorführerschein reicht, Klasse 4. Ohne diese Kröte, mehr Seifenkiste als Auto, wäre der rote Onkel längst über alle Berge.

Ausgebombt, ausgehungert, ausgemustert (lungenkrank) landete das arme Würstchen aus Frankfurt gegen Kriegsende bei uns im Dorf. Jahre später war er auf dem Absprung, als ihm Ottilia über den Weg lief. Anfangs hielt ihn Tilli mit Bratkartoffeln vom Wegzug ab. Eines Tages haben sie angebandelt, und der Goggo hat aus den beiden ein Liebespaar gemacht. Der lange Frankfurter Kerl mit dem Bratkartoffelbauch hat es einmal nicht rechtzeitig geschafft, sich mit geschickten Verrenkungen aus der viel zu engen Karre zu zwängen – und schon saß er neben Tilli in der goggomobilen Liebesfalle. Der Goggo – ein Fahrzeug der Liebe, vor dem selbst der bayerische Autobauer warnt: Vorsicht vor dem Teufelsding aus Dingolfing! Keine Angst. Der Teufel steckt nicht im Goggo, dem wären 14 PS sicher zu wenig, *z'minder.* Mein Verdacht fällt eher auf den kleinen Gott mit den Liebespfeilen.

Der rote Onkel denkt gar nicht daran, sich aus der Falle zu befreien. Im Gegenteil, er richtet sich gemütlich darin ein. Einen Trauschein braucht er nicht. Eigentlich ein Tuschelthema, ein Dorn im Auge der Anständigen. Aber Tilli ist Kriegerwitwe. Das ändert alles. Wenn sie den Gabelstaplerfahrer heiratet, ist die Witwenrente futsch. »Erst kommt die Rente, dann die Religion«, sagte der Hirschenwirt und lachte über seinen eigenen Spruch.

Mit so viel Nachsicht kann der Meckerkönig nicht rechnen, wenn er politische Meinungen vom Stapel lässt. Einmal hat er einem jungen Wehrpflichtigen aus unserem Dorf die Parole »Lieber rot als tot« an den Kopf geworfen. Über seinen Spitznamen braucht er sich also nicht zu wundern.

Ich bin nicht sicher, ob der Chef und die anderen Bauern ihn für voll nehmen. Das liegt an seiner schwachen Goggostimme. Beim Sprechen ist er kurzatmig wie sein Zweitakter. Seine Lunge ist so hubraumschwach wie sein Auto. Die Luft reicht für drei Sätze am Stück. So kann er sich wenigstens nicht um Kopf und Kragen reden.

Immerhin ist er bei Tilli in festen Händen. Das macht ihn zum Hiesigen, obwohl er erst seit 20 Jahren bei uns im Dorf lebt.

Die Tilli ist aus unserem Holz geschnitzt, sagen die Leute, und steht mit beiden Beinen – *mit beud Fiaß* – auf dem Boden. Sie arbeitet in der kleinen Textilfabrik im Unterdorf, Leichtlohngruppe wie alle Frauen, und weiß, wie man eine Sache einfädelt oder an der richtigen Stelle den Knopf drannäht. Ihren »roten Knopf« hat sie offenbar fest angenäht. Und wenn sich der mal wieder als Nervensäge betätigt mit seinen Lieber-rot-als-tot-Ansichten, dann geht sie eine halbe Stunde Holz spalten – und danach ist die Welt wieder in Ordnung.

Auch der Chef siebt überteuerte Wirtschaften sorgfältig aus, wenn er am Sonntagmittag einkehrt. Übrig bleibt direkt am Wasser nur ein Kiosk auf halbem Weg zwischen Überlingen und Meersburg. Dort schlägt der Wirt die freie Sicht auf die Mainau nicht auf den Preis.

Kaum hat der Chef beim ziegenbärtigen Mann hinter dem Tresen, dem Aussehen nach ein Steinzeitmensch aus den benachbarten Pfahlbauten, zwei Fischbrötchen geordert, quält und schält sich der rote Onkel aus der beigen Blechbüchse, froh über die unverhoffte Gesellschaft. Derweil klettere ich auf eine der am Ufer stehenden Eichen, mache es mir im Geäst bequem und vernehme mit halbem Ohr das Stehtischgespräch zwischen dem Chef und dem Goggofahrer unter mir. Mit den anderen anderthalb Ohren höre ich auf den Klang von Wellen und Wasser.

»*Horsch emol*, Anton«, babbelt der rote Onkel auf Frankfodderisch, »*isch lass mi net foppe* von den Halsabschneidern. Die Köche beziehen hafergefütterte Truthähne vom Rüssel und anderen Bauern zu Spottpreisen. Aber im Restaurant werden die Gäste, betört von der Schönheit des Sees, ungeniert ausgenommen. Die nehmen es von den Lebendigen.«

»Deswegen machen wir einen Bogen um diese Fallen«, wiegelt der Chef ab. »Und essen hier am Kiosk Fischbrötchen mit Mainaublick.«

»*Isch hab' nix gesche Fischbr*ötsche. Aber wenn alle schönen Weinstuben nicht mehr bezahlbar sind,

sind am Ende die Reichen am Bodensee unter sich. *Des wär kee schee Sach. Da bin isch dagesche.*«

»Jetzt kommt erst mal die schöne Sache an die Reihe«, lenkt der Chef ab, als der Ziegenbartträger zwei Gläser Hauswein bringt.

»*Der Seewoi is famos. Dem aahne geht er in de Kopp, dem annern in die Hos.* Aber weniger famos benehmen sich ausgebuffte Seehasen, die aus dem Hinterland Honig saugen.«

»Beim Seewein stimm' ich dir zu, der ist wirklich famos. Aber wir Feldhasen vertragen uns gut mit den Seehasen. Ich fühl' mich nicht übers Ohr gehauen.«

»*Horsch, Anton. Isch mach kaa Gschiss draus.* Aber ich find's nicht richtig, dass sie dem Imker den vorzüglichen Honig aus unserem Gemeindewald für ein paar Kröten abknöpfen. Dann kleben sie ein schönes Etikett mit dem Honigschlecker aus Birnau aufs Glas und kassieren das Doppelte.«

»Zugegeben, alles, was aus unserem Wald kommt, hat Spitzenqualität.«

»*Isch will net uffmucke, gutä Mann.* Die Ernte aus unserem Gemeindewald teilt ihr Bauern unter euch auf. Wir anderen kriegen kein kostenloses Holz. *Awwer isch ärscher misch net.*« Dabei läuft sein Gesicht wie bei zankenden Truthähnen vom Hals ausgehend rot an und man sieht: Er ärgert sich doch.

»Das ist Bürgerholz. Das steht nur uns Bürgern zu. Also verheirateten Männern mit Haus und Hof.« Der Chef bleibt stur. »Ohne Heirat kein Holz.«

»*Mer waas es net.*« Man weiß es nicht – das heißt bei ihm: scharfer Einspruch, denn in Wahrheit liegt die Sache anders. »Im Falle einer Heirat könnt' meine

Tilli die Rente für Kriegerwitwen in der Pfeife rauchen. Gnade vor Recht – für Bauern ein Satz mit zwei Fremdwörtern.«

»Nicht ganz«, federt der Chef das Ansinnen ab. »Wir kennen Gnadenbrot für alte Rösser. Aber kein Gnadenholz für neue Einwohner, die erst seit 20 Jahren da sind.«

»Du weißt ja, ein frisch Zugezogener spielte deswegen die *beleidisch Lebberworscht* und hat bei euch Bauern aus Rache nachts Brennholz geklaut. *Awwer isch hab' was gesche Einbreschä.*«

»Da sind wir uns einig.« Der Chef weiß es zu schätzen, dass der rote Onkel auf dem Teppich bleibt. Der zieht zwar wegen jedem Muckenschiss kräftig vom Leder, folgt aber sonst den Furchen der geschriebenen und ungeschriebenen Gesetze im Dorf.

Der Holzstehler hat sich übrigens aus dem Staub gemacht. Unbekannt verzogen. Der Kontakt mit einem elektrisch geladenen Weidezaun in unserem Holzschopf hat dafür nicht gereicht. Ein wehleidig ausgestoßenes Heilandzack-Kruzifix-Sackerment-Alleluja! war alles. Folgenloser Diebeskummer. Schließlich begegnete er mit einem Sack Brennholz auf dem Buckel eines Nachts auf dem Rüsselhof dem belgischen Schäferhund, der alle Würste als Leckerbissen betrachtet, auch beleidigte Leberwürste auf Diebestour. Bis(s) zum bitteren Ende.

Tags darauf überbrachte der Chef dem Rüssel als Fangprämie eine Schachtel Mozartkugeln, die dem Vernehmen nach zwischen Hund und Halter brüderlich geteilt wurde.

»*Für uns sind die knackische Fischbrötsche werklisch ein Leckerbisse. Isch beschwer misch net.*« Dann beschwert sich der Meckerkönig doch. Sein Gesichtsausdruck verrät, dass die Beschwerde für ihn genauso ein Leckerbissen ist wie das Fischbrötchen. »Die Überlinger sind Meister der Tarnung. Hinter den blühenden Kulissen bauen sie Raketen. Angeblich zur Luftabwehr. Ein blühender Geschäftszweig.« Bevor er weiterbabbelt, muss er erst mal Luft holen. »Du kennst ja meine Meinung: Lieber rot als tot.« Im nächsten Atemzug keilt er aus wie ein übermütiger Esel. »Selbst beim *Hänselejuck* während der Fasnet sind die Überlinger nicht unbewaffnet, sondern bahnen sich mit Furcht einflößendem Peitschenknallen den Weg frei runter zum Seeufer. Mit der Maske auf dem Kopf zeigen sie ihr wahres Gesicht.«

»Nur wehrhaft ist ehrhaft«, entgegnet der Chef. »Sonst gerät die Idylle in falsche Hände und die Schlange wird Boss im Paradies.«

»*Horsch emol*, Anton. Das Paradies am Bodensee wird von ganz anderen Leuten bedroht. Das Seeufer wird mehr und mehr zubetoniert. Wasserblick für die oberen Zehntausend. Bald haben nur noch die Reichen Zugang zum See. Am Ufer ziehen sie Zäune um ihre Villen, aber draußen auf dem Wasser soll ihnen alles unbegrenzt offenstehen. Nee, nee, Anton, *darüber resch isch misch net uff*!«

Das Seeufer für Ausflügler überall öffnen wie ein Scheunentor? Will er denn noch mehr Blechheuschrecken anlocken? Der Schwarm ist doch jetzt schon eine Plage für die Ort- und Landschaften entlang der B 31. Ich behalte den Einwand für mich, man muss nicht überall das Maul drin haben.

Der Chef winkt ab. Er denkt sich seinen Teil, aber ein Wort muss nicht das andere geben. Das Maulhalten erhält die Freundschaft. Auf die geleerten Weingläser deutend, sagt er nur: »Komm, wir genehmigen uns noch ein Viertele Hauswein, diesmal vom Roten.«

Seit ich hier oben auf einem Ast sitze, lässt mich ein Lied, das ich vor ein paar Tagen zufällig im Autoradio des Mustangfahrers gehört habe, nicht mehr los. Auf dieser Eiche am Seeufer sitze ich in der Musikfalle, aufgestellt von Radio Luxemburg und einem mir bislang völlig unbekannten Sänger namens Bob Dylan. Der Song, der meine Träume fängt, handelt von einem Trommler mit magischen Anziehungskräften.

Hey, Mr. Tambourine Man, play a song for me.
In the jingle-jangle morning I'll come following you.

Vom Ansager bei Radio Luxemburg weiß ich auch, was das ungefähr heißt: Hallo, Mister Tamburin, spiel ein Lied für mich. An diesem verlockend klingenden Morgen will ich dir folgen.

Unter mir trommeln die Wellen rhythmisch klatschend gegen das steinige Ufer. Es klingt verlockend, dass man hier die Alltagssorgen abschütteln kann wie Stroh aus dem Stallkittel.

Out to the windy beach,
far from the twisted reach
of crazy sorrow.

Hinaus zum windigen Strand, weit weg und unerreichbar für all die verrückten Sorgen.

Und mitten im See verschwimmen die Grenzen. Die Übergänge sind fließend.

And but for the sky
there are no fences facin'.

Und bis auf den Himmel gibt's keine sichtbaren Begrenzungen.

Liegt darin der verborgene Reiz des Bodensees? Ganz ohne Zweifel ist der »Tambourine Man« eine Ode an den B-ode-nsee!

Das Beste daran: Auf rührselige Heimatschnulzen (»Die Fischerin vom Bodensee / ist eine schöne Maid juchhee!) und kitschige Regional-Schmonzetten (»Tief im Herzen tut mir's weh, / weil ich scheiden muss vom Bodensee«) können wir endlich verzichten. Im Herbst werden wir die Notenblätter mit dem Krauthobel schreddern. Salz, Kümmel und ein Schuss Most werden die letzte Zugabe, bevor das Liedgut zusammen mit dem Sauerkraut einstampft wird.

Fragt sich nur, wie wir die neue Hymne unters Volk bringen. Geht's auch ohne Text? Das Ami-Englisch ist eine Scharte, die man rausdengeln muss. Da hätte ich eine Idee: Unsere Dorfcombo »Rüssel und die Regenpfeifer« liefert eine Version ohne Worte. Ein gepfiffener Song. Nur die Mundharmonika unterbricht das Pfeifen. Ein Hit aus dem Hinterland.

Der Chef verzieht keine Miene. Er braucht nichts zu sagen, ihm reicht ein unausgesprochenes Nein. So oder so bleibt er beim alten Lied von der schönen Maid. Juchhee!

Ich bin noch nicht richtig runter vom Baum, da hat der rote Onkel meinen schönen Plan mit Bob Dylan und den Regenpfeifern schon genüsslich zerpflückt. »*Isch bin da dagesche.*« Aus vollem und rot anschwellendem Hals schreit er seinen Protest mit allem, was die schwache Goggostimme hergibt, auf den See hinaus: »So weit kommt's noch, dass wir nach der Pfeife eines dahergelaufenen Amis tanzen!«

LIEBESKUMMER LOHNT SICH NICHT

Montags ist die Gefahr am größten, dass die Bauern mit dem falschen Fuß voraus aus den Federn kommen. Die fröhlichen Sonntagszecher sind mit der nötigen Bettschwere in die Kissen gefallen, aber am Morgen danach wachen sie als übel gelaunte Montagsmuffel mit dem Gedanken auf, den Hähnen für ihren viel zu frühen Morgenschrei den Kragen umzudrehen. Dafür werdet ihr mir büßen, *i turene dafier, ihr Mischtgickeler!* Den Montagsmissmut nehmen sie dann mit in den Stall und wundern sich anschließend, dass die Milchleistung an diesem Morgen ihren wöchentlichen Tiefpunkt erreicht.

Der Chef hat nichts gegen Montage. Die Zeitung liest er normalerweise mit mäßigem Interesse, doch auf die Montagsausgabe freut er sich. Dort findet er zuverlässig eine Bildgeschichte, die nichts mit dem zu tun hat, was sonst durch den Blätterwald rauscht, die völlig aus dem Rahmen fällt und doch mitten aus dem Leben im Umland des Bodensees gegriffen ist. Es ist eine Dosis Gegengift gegen den Montagsmissmut aus der Hausapotheke des Südkurier mit der Bezeichnung »Lachend in die neue Woche«, die Anton zum Frühstück um neun, beim *Neineassa*, zusammen mit einer Tasse Milchkaffee runterschlürft. Bei ihm lösen die Reime über allerlei Missgeschicke der Landbevölkerung kein lautes Lachen aus, sondern eher vorauseilendes Schmunzeln über Pannen und Fehltritte, die auch ihm selbst die Woche über widerfahren könnten. Verseschmied Stichling und Zeichner Sauerbruch nehmen Pechvögel, Schluckspechte, Schlauberger, Schildbürger, also Leute wie du und ich, in der Schrecksekunde ihres Missgeschicks treffsicher auf die Schippe. Dabei sind skurrile Vorfälle auf Bauernhöfen regelmäßig ein gefundenes Fressen für die beiden Spottdrosseln vom Bodensee. Ihr Witz ist schonungslos, aber niemals boshaft, sodass die Betroffenen am Ende mitlachen können, statt verärgert die Zeitung abzubestellen. Zwei geniale Montagshumoristen auf Antons Wellenlänge.

Wie von den Regenpfeifern in aller Frühe angekündigt, geht heute ein feiner Nieselregen nieder'*s rangelet* zur Erntezeit. Das Regenwetter zur Erntezeit dürfte den Montagsmissmut der meisten Bauern verstärken. Auch der Chef war darauf eingestellt, mit dem Kramer

Allesschaffer und dem Bindemäher auf den Acker zu fahren, um Haber zu mähen und Garben aufzustellen.

Stattdessen sitzt er neben mir schnippelnd und schmunzelnd beim *Neineassa* am Küchentisch und schneidet nebenbei ein Loch in die Zeitung. Die neueste Folge »Lachend in die neue Woche« sagt ihm so zu, dass er sie ausschneidet und in den Rahmen des Haussegens steckt, der bei uns in der Küche über der Eckbank hängt.

Heute bekommt ein Mastschwein sein Fett weg.

Die arme Sau war tief betrübt.

Sie war in ihren Herrn verliebt.

Die verliebte Sau bläst Trübsal, weil der angehimmelte Mäster verreist ist. Vor lauter Liebeskummer vergeht ihr der Appetit, sie wird zum Fastenschwein. Schließlich siegt aber doch die Fresslust über die verirrten Gefühle – genau wie bei uns Zweibeinern.

»Und die Moral von der Geschicht«, hängt der Chef mit der Schere fuchtelnd seinen eigenen Reim dran, »Liebeskummer lohnt sich nicht.«

Im Takt klopfe ich mit dem Löffel, der eben noch im *Habermuas* steckte, auf den Küchentisch: »Schade um die Tränen in der Nacht.«

Jedenfalls lacht mein Herz über die Sauerbruch-Zeichnung mit dem dümmlich-verzückten Gesichtsausdruck des Mastviehs, die nun den eingerahmten, stark vergilbten Segenswunsch ziert:

Herr Christ, nun breit die Arme aus
und segne unser liebes Haus.
Lass alle guten Geister ein,
tritt selbst, so oft du magst, herein.

Die verliebte Sau, von allen guten Geistern verlassen, wirkt auf mich besonders skurril, weil kaum etwas so wenig Raum für Gefühle lässt wie die Schweinemast.

Tiere, die den Bauern etwas bedeuten, werden beim Namen gerufen. Minka, Maja, Ruth heißen unsere besten Milchkühe. Schweine werden dagegen als namenlose Nutztiere gehalten. Der Chef striegelt dem Fleckvieh das Fell und shampooniert die Kuhschwänze, bevor es auf die Weide geht. Aber das Borstenvieh muss ohne Pflege auskommen. Ein Kuhfladen entfaltet auf Stroh ein würziges Aroma, aber im Saustall stinkt es. Schweine überstinken Kühe und werden deshalb auf Abstand zum Milchvieh gehalten. Milchkühen wird auf unserem Hof musikalisches Gehör zugetraut. Der Chef melkt mit Gesang, damit die Kühe mit entspanntem Euter bei der Sache sind. Der Schweinestall bleibt indes unbeschallt. Viehzucht ist für den Chef eine Leidenschaft, Schweinemast ein freudlos betriebenes Nebengeschäft. Mit Meßkircher Fleckvieh, *Kalberna* (Kalbinnen) oder *Häge* (Zuchtbullen), erzielt der Chef auf Märkten in Ulm oder Riedlingen immer mal wieder Spitzenpreise. Mastschweine werden dagegen wie Massenware gehandelt. Die Qualität des Futters schlägt sich nicht im Preis nieder. Es gilt ein Doppelzentnerpreis, der im Südkurier neben den Aktienkursen steht und im Gegensatz zur Rubrik »Lachend in die neue Woche« bei Anton nie ein Schmunzeln auslöst. Neulich gab es sogar richtig Stunk.

Den Viehhändler, der die schlachtreifen Schweine mit seinem in die Jahre gekommenen Magirus Deutz Rundhauber abholt, muss man sich als charmanten Mann vorstellen.

Für die Bauern hat er immer eine Anekdote über Glück und Pech in fremden Ställen auf der Pfanne. Und er versteht es, dem verängstigten Vieh beim Verladen gut zuzureden. Nein, nein, nicht der Schlachthof ist das Ziel. Wer denkt denn gleich so was. Ich weiß, wohin die Reise geht. Nur ein kleiner Ausflug an den Bodensee.

Aus dem Quieken der Schweine oder dem Abschiedsbrüllen eines Rindes höre ich heraus, dass die Tiere dem Braten nicht trauen. Die Ladefläche eines Viehtransporters ist eine ziemlich charmefreie Zone.

Der Charme und die Gefühle des verheirateten Familienvaters galten in letzter Zeit allerdings weniger seinen gerüsselten Schützlingen auf dem Weg zum Schlachthof als einer adretten Mitarbeiterin bei der Viehwaage. Der Wohlstandsbauch, den er mit seinem Rundhauber – ein Fahrzeug der Fresswelle – teilt, schmälert seine unwiderstehliche Wirkung auf die Damenwelt offenbar nicht.

Derzeit steht der Viehhändler als Betrüger vor Gericht. Das verliebte Gaunerpaar hat beim Schweinewiegen monatelang geschummelt, den Bauern ein zu niedriges Schlachtgewicht vorgespiegelt und falsch abgerechnet.

Als der Chef Verdacht schöpfte, schüttelte der Saukerl, ohne rot zu werden, eine fette Lüge aus dem Ärmel. »Du kennst mich ja, Anton. Ich bin ein ehrlicher Makler zwischen den Bauern und den Schlachthöfen.« Mit geheucheltem Bedauern fügte er hinzu: »Die Metzger haben einen Preisabzug für fette Schweine eingeführt. Diesen Fettrabatt muss ich leider weitergeben.« Anton produziere mit seinen Landschweinen an der geänderten Nachfrage vorbei. Die Frauen in Friedrichshafen, Überlingen und Konstanz wollen neuerdings eine Bikinifigur. Da sei mageres Fleisch gefragt und Sauen, die aussehen wie Mannequins auf dem Laufsteg in Paris. Bei Mastschweinen müsse man heutzutage auf die schlanke Linie achten. Auch im Saustall sei die Fresswelle vorbei. Eine fette Dreizentnersau sei praktisch unverkäuflich und nur noch für die Hausschlachtung zu gebrauchen. »Jawohl, Anton«, bekräftigte der charmante Viehhändler mit dem Rundhauberbauch. »Erst kommt das Schönheitsideal, dann das Fressen. Wer die Reihenfolge nicht einhält, muss mit Abzug rechnen.«

Vergangene Woche hat der Chef vor dem Amtsgericht in Sigmaringen als Zeuge ausgesagt. Auf die Frage des Richters, wie er sich das Verhalten des Angeklagten erkläre, sagte er: Der Viehhändler hat jedes Mal kleinere Summen für das Techtelmechtel abgezweigt. Mit der Zeit hat sich das zusammengeläppert. So ein *Gschpusi* geht ins Geld. Wenn Sie mich fragen, hohes Gericht: *»Der hot se überweibet.«*

»Wenn ich das mal ins Deutsche übersetzen darf«, sagte der Richter. »Der angeklagte Viehhändler ist ein Hallodri, der Geld braucht für seine außerehelichen Eskapaden. Aber weil er das nötige Kleingeld dafür nicht hat, betrügt er die Bauern.«

»Sie sagen es«, bekräftigte der Chef. »So einer überweibet sich.«

Überweibet – ein Wort der Warnung. Bevor so etwas auf einen zukommt, wäre Liebeskummer noch das kleinere Übel. Denk ich mal.

Tags darauf kam mir in der Molkerei zu Ohren, dass man bei Gericht wohl nicht die ganze Wahrheit aufgetischt hatte. Die betrogene Ehefrau setzte ihrerseits dem Viehhändler immer mal wieder, *drundetnei*, Hörner auf, wenn der mit dem *Magirus* Rundhauber außer Sicht war. Er war stinksauer, *pudelnesch,* als er dahinterkam. Eine Sauerei, für die er sich mit dem Anbändeln an der Viehwaage rächte. Der Angeklagte verzichtete aber klug darauf, diesen mildernden Umstand vorzubringen. Schließlich vertrauen die Bauern ihre schlachtreifen Sauen lieber einem vorbestraften Weiberhelden an als einem gehörnten Magirusfahrer.

Anton blieben im Zeugenstand Fragen zu diesem Umstand erspart. Also kann er gut mit der halben Wahrheit leben. Die passende Moral findet er unter einer Zeichnung von Sauerbruch montags in der Zeitung:

Die Kreatur lebt ihren Trieben.
Und nur wir Menschen müssen lieben.

Nur die allerschönsten Montagsgeschichten aus dem Südkurier schneidet der Chef aus, damit er die ganze Woche über was zu schmunzeln hat. Größte Heiterkeit kommt bei ihm auf, wenn Kühe aus der Reihe tanzen und ihre Bauern an den Rand der Verzweiflung bringen. Ich erinnere mich:

Da steht im Schwarzwald eine Kuh auf dem Balkon und frisst Geranien. Wie kam sie da rauf? Wie lockt man eine Kuh die Treppe wieder runter?

Auf dem Bodanrück gerät ein Rind nachts in Panik. Der Bauer eilt in den Stall, sein Nachthemd verfängt sich im Kuhhorn und er steht mit bloßem Hintern da.

Auf einer Weide überm See büxen Kühe aus und fressen Klee beim Nachbarn. Dieser will die ungebetenen Gäste mit Schimpf verjagen, doch seine Frau ist klüger und melkt die Eindringlinge lieber. Dazu der Reim:

Man kann mit Schimpfen wenig wandeln,
viel wirkungsvoller ist zu handeln.

Diesen Satz würde der Chef, der vorsichtshalber nie seinen Anton unter ein Stück Papier setzt, jederzeit unterschreiben. Er brüllt nicht, er schimpft nicht. Er nutzt lieber lautlos die Gunst der Stunde. Wie die Bäuerin, die melkt statt mosert.

Der Stoff, aus dem die Geschichten sind, ist aus dem Leben gegriffen. Und manchmal kehren die Geschichten ins wirkliche Leben zurück.

Das Auto einer Krankenschwester strandet mit leerem Tank am Straßenrand. Im nächsten Hof findet sie Benzin, aber keine Kanne. Guter Rat ist teuer.

Ein Nachttopf kam dadurch zu Ehren,
was nötig in den Tank zu leeren.

Ein Verkehrsteilnehmer dachte, da hat jemand 'ne Schraube locker und leert den Inhalt eines Nachttopfs in den Tank. Er traute seinen Augen nicht, als die Karre wieder lief.

Der Chef hält den Einsatz des Nachttopfs – ein *Soichhafa* – auf offener Straße für derart peinlich, dass er Vorkehrungen getroffen hat. Seither führt er in seinem Käfer stets einen gefüllten Benzinkanister mit. Man kann ja nie wissen.

Bei Fahrzeugpannen aller Art, ein beliebtes Montagsthema unserer heimischen Spottvögel, schimmert beim Chef, auch wenn er das abstreiten würde, manchmal Schadenfreude durch.

Einmal bleibt der Volkswagen, als geländetauglich verkannt, im Acker stecken.

Ein andermal gibt's Pfusch beim Bau einer Garage. Die fällt so eng aus, dass der Fahrer die Autotür beim Einparken nicht öffnen kann. Da hilft nur Schieben.

Im Hegau wird mangels Viehanhänger eine Sau auf dem Beifahrersitz eines PKW zum Schlachten chauffiert.

An seiner Seite still und fein
sitzt auf dem Sitz das brave Schwein.

Der VW Käfer ist ohne Zweifel ein Fahrzeug der Tierliebe. Anton hat auf der Rückbank seines Käfers mal einen ganzen Wurf Ferkel transportiert. Mitfahrer rümpften noch Wochen danach die Nase über die Ferkelei. Die *ziehed d' Nasa nuff*, aber der Bauer riecht nichts.

Auch auf unserem Hof fällt, wenn ich es mir richtig überlege, jede Menge Rohstoff für Montagsreime an. Nur mit unglücklich verliebten Mastschweinen können wir beim besten Willen nicht dienen. Selbst wenn der Chef demnächst wieder einen ehrlichen Viehhändler an der Hand hat, würde ich sagen: Schweinemästen lohnt sich nicht, my Darling!

KOMM, GIB MIR DEINE HAND

Der Reifenvetter fährt auf unseren Hof, steigt aus seiner blauen Wirtschaftswunder-Karosse und ruft dem Chef zur Begrüßung zu: »Anton, was gibt's Neues im Reich der Tiere?«

Damit meint er nicht unsere Kühe auf der Weide, sondern afrikanische Steppentiere und asiatische Dschungelbewohner. Heute statten wir Löwe, Tiger & Co. einen Besuch ab in der Wilhelma.

Dafür haben sich der Chef und sein Vetter aus Sigmaringen mit Schlips und Kragen in Schale geworfen. Nur die frisch gewichsten und polierten Lederschuhe fallen beim einen wie dem anderen etwas klobig aus. In die Großstadt fährt man im *Sonntighäs*.

Bevor es losgeht, werfen die beiden einen Blick in den Sauengarten hinter dem Schopf. Der Chef zeigt auf ein junges Tier, einen sogenannten Läufer, der gerade seinen Rüssel munter durch den Boden schiebt. Die beiden Vettern haben abgemacht, dass bei der Hausschlachtung im Herbst jeder eine Hälfte bekommt. Und so registrieren sie, eine Stufe höher in der Nahrungskette, zufrieden den gesunden Appetit des Gartenläufers. Vetternwirtschaft in ihrer schönsten Form.

Neben Schweinehälften teilen sie auch ihre Vorliebe für ausgefallene Erziehungsmethoden. Sie sind sich einig, dass Ohrfeigen und Kopfnüsse nicht mehr zeitgemäß sind. Man weiß sich anderweitig zu helfen.

Wie lässt sich verhindern, dass aus einem 12-jährigen Bub demnächst ein Zigarettenbürschle wird, das nie wieder vom Glimmstängel loskommt? Indem man ihm einen unterjubelt.

Der Reifenvetter hielt mir eine dicke Zigarre der Marke Montecristo unter die Nase und sagte: Aus Havanna. Kein Vergleich mit den Burger-Stumpen aus Spaichingen. Montecristo, die Lieblingsmarke von Che Guevara. Falls dir der Name des bärtigen Kumpels von Fidel Castro was sagt. Aber ich warne dich: Rauch das gute Stück erst, wenn du 16 bist.

Die Montecristo hab' ich am nächsten Tag probiert. Hinterher wurde mir speiübel, hundeelend, sterbensschlecht. Jeder andere an meiner Stelle hätte ein Gelübde abgelegt. O Herr, wenn ich das überlebe, gehe ich zur Heilsarmee und kämpfe gegen das Laster des Rauchens. Oder, falls dir das lieber ist, unterstütze ich den bewaffneten Kampf gegen die Zigarrenbarone in der Karibik. Herr, gib mir einen klaren Kopf zurück! Ein Bauernhof für einen klaren Kopf!

Der Reifenvetter stammt aus Antons Mühlenverwandtschaft an der Donau. Schon früh hat er erkannt, dass sich die Mühlräder immer langsamer, dafür die Autoräder immer schneller drehen. In seiner Werkstatt montiert der Kfz-Meister neue Reifen und dazu ein neues Lebensgefühl für einen wachsenden Kundenkreis. Er hat es zu etwas gebracht, sagt der Chef. Er hat sich hochgeschraubt. Vom Sackkarrenschieber zum Kapitän der Landstraße.

Jetzt sitzt er hinter dem Lenkrad seines blauen Opel Kapitän, Baujahr 1960, und lässt seine beiden Passagiere an Bord des mit Panoramafenstern ausgestatteten Ausflugsdampfers kommen.

Schon nach wenigen Kilometern merke ich, dass wir in einem Fahrzeug unterwegs sind, das an der Spitze der automobilen Hackordnung steht. Der Kapitän schneidet Kurven, der Leichtmatrose im Gegenverkehr Grimassen.

Löwe, Tiger & Co. können noch warten, denn jetzt legen wir in Laiz hinter der Donaubrücke einen Zwischenstopp ein. Mitten im Sommer sind in der Kfz-Werkstatt die neuesten Winterreifen eingetroffen. Wer am Fuß der Schwäbischen Alb lebt, kann nicht früh genug an den Wintereinbruch denken.

Der Reifenvetter kann es kaum erwarten, Anton die neuesten Modelle zu zeigen. »Schau mal, diese eleganten Weißwandreifen gibt's ab sofort auch mit Winterprofil.«

»Sieh einer an!«

»Und hier eine technische Revolution: Reifen mit Spikes. Barracudazähne im Gummimantel. Die bei-

ßen in Schnee und Glatteis. Da verliert jeder Alpen-
pass den Schrecken.«

»Ich fürchte, die beißen auch ein Loch in meinen
Geldbeutel. Hast du nichts Preiswertes für meinen
VW Käfer?«

»Ein Tipp unter Vettern: Nimm runderneuerte Rei-
fen. Die sind wie neu, aber kosten bloß halb so viel.
Oder noch besser, wir machen im Herbst einen Tausch:
Schweinehälfte gegen Winterreifen.«

Inzwischen sehe ich mich in der Werkstatt um. Mein
Blick bleibt an einem Wandkalender der Marke Pirelli
hängen. Der August 65 zeigt ein schönes Mädchen,
das barfuß und mit windzerzausten Haaren an den
Strand geht.

Ich blättere durch den Fotokalender, der an den
Ecken kräftige Eselsohren aufweist, und bin erstaunt.
Vor meinen Augen hängt der Kalender einer Reifen-
firma, auf dem weder ein Auto noch ein Reifen abge-
bildet ist. Auch keine Barracudas mit Spike-Zähnen.
Durchweg Mädchen in Sommerkleidern oder im Bikini
am Badestrand. Eines anmutiger als das andere.

Ich bin gerade in das Foto einer rothaarigen Schönheit vertieft, der die Riviera-Sonne zarte rote Pünkt-
chen auf die Haut getupft hat, als ich hinter mir die
Singstimme des Chefs vernehme.

Ich bin ganz verschossen
in deine Sommersprossen.
Hab' ins Herz geschlossen
nur deine Sommersprossen.

Das spöttische Liedchen aus Antons Kuhstall-Repertoire liegt haarscharf neben meiner beschwingten Stimmung. Wie viel besser würde zu diesen Fotos ein Song passen, den sie auf Radio Luxemburg rauf und runter spielen. Da singen die Pilzköpfe aus Liverpool in deutscher Sprache:

Oh, du bist so schön,
schön wie ein Diamant.
Ich will mit dir gehen.
Komm, gib mir deine Hand.

Wer weiß, vielleicht kommt ja schon im nächsten Sommer die Gelegenheit, ein Mädchen anzusprechen. Aber dafür sind meine Haare viel zu kurz. Ich brauch' einen anderen Haarschnitt. Am besten so einen Pilzkopf wie die Beatles. Alle paar Wochen ruft der Chef: »Deine Borsten müssen gestutzt werden, *die Riesele mond rab!*«

Bevor ich überhaupt dran denken kann, den Satz »Komm, gib mir deine Hand« auszusprechen, muss ich erst mal Antons Haarschneidemaschine entkommen, die mit ihren scharfen Barracudazähnen meine Haare regelmäßig kurz und klein raspelt.

Der Reifenvetter gibt mir endgültig die Bodenhaftung zurück. »Dieser Pirelli-Kalender macht mit seinen Strandbildern Reklame für Sommerreifen. Du musst bei den Autofahrern die Lust auf den Strand wecken. Zu den richtigen Reifen, mit denen sie dorthin kommen, greifen sie dann von selbst.«

»Ach so.« Das leuchtet mir irgendwie ein. »Und was ist mit der Werbung für Winterreifen?«

»Dafür hab' ich mir selbst einen Kalender gebastelt. Der hängt gleich daneben. Zwölf eigenhändige Schnappschüsse von der Volksfeststimmung bei der Seegfrörne 63.«

Dafür interessiert sich auch der Chef: »Zeig her!«

Auf mehreren Fotos sehen wir fröhliches Narrentreiben auf dem Eis. Überlinger Hänsele, der Meersburger Schnabelgiere, Immenstaader Hennaschlitter. Weiterhin ein Schlitten mit drei Fässern »Seegförnewy 63«, den Winzer vom Schweizer Ufer aus zollfrei über den See ziehen. Und als Höhepunkt Bilder von einem Autoslalom auf dem zugefrorenen Bodensee. Schon klar, dabei stehst du ohne richtige Bereifung auf verlorenem Posten. Ein einmaliges Schauspiel. Winterfreuden ohne Beispiel. Das war so schön, das kommt so schnell nicht wieder.

»Reifenkauf ist eine Frage der Stimmung«, sagt der Reifenvetter. »Manchmal staunt der Laie und der Fachmann wundert sich. Hat der Winter die Alb grimmig im Griff, interessiert das keine Sau. Lässt er aber mit eisigem Barracuda-Lächeln den Bodensee gefrieren, rennen mir die Leute die Bude ein.«

Beim Chef bringen die stimmungsvollen Bilder vom Bodensee nichts ins Rutschen. Er bleibt bei den Runderneuerten.

Großer Publikumsandrang herrscht heute auch in der Wilhelma.

Es bilden sich schlagartig Menschentrauben, sobald irgendwo Tiere gefüttert werden. Während bei uns die Kühe das Gras seelenruhig aus der Wiese rupfen, lassen sich Zootiere zu den tollsten Verrenkungen hinreißen, um nach einem Leckerbissen zu schnappen.

Für einen vollen Bauch spielen Seehunde Kopfball, schlagen Affen Purzelbäume und schimpfen Papageien auf Schwäbisch. *Schofseckel*! Dafür gerät das Stuttgarter Publikum aus dem Häuschen. Es fehlt nicht viel, und die *Stuageter* schlagen ihrerseits vor Begeisterung Purzelbäume. Was hört sich entzückender an als schwäbische Schimpfwörter aus dem Schnabel eines Papageien? Hallo *Hosalottle*!

Publikumsliebling ist Tristan, das Ungeheuer von Stuttgart, ein gigantischer See-Elefant mit dem Abtropfgewicht von zweieinhalb Tonnen. »Doppelt so schwer wie mein Opel Kapitän«, stellt beeindruckt der Reifenvetter fest.

Das Ungeheuer sieht den Pfleger mit dem gefüllten Fischeimer nahen und wuchtet seine Fettmassen erstaunlich flink an den Beckenrand. »*Erscht schaffe, dann fresse, mir sind hier in Stuttgart*«, ruft ihm der Pfleger entgegen. Das Südsee-Monster lässt den Mann mit dem Fischeimer aufsitzen und dreht mit dem Reiter ein paar Runden im Wasser. Wieder an Land richtet sich der Riese doppelt mannshoch auf und verlangt röhrend die verdiente Nahrung. Die Fische werden dem geschickten Fänger vom Pfleger und freiwilligen Helfern aus dem Publikum zugeworfen. Als die Reihe an mir ist, rutscht dem Chef der Anfeuerungsruf raus: »Hering, Hering – so fett wie der Göring!« Der humoristische Rückfall in Antons Jugendzeit geht zum Glück im Trubel unter. Der Eimer ist längst weitergewandert, die kleinen Fische passen in den hohlen Zahn des Ungeheuers.

Der Tiger läuft ununterbrochen an den Gitterstäben auf und ab. Ich seh's ihm an, er braucht jetzt dringend einen Tapetenwechsel. Aber es tut sich kein Schlupfloch auf. Denn hier herrschen nicht die Gesetze des Dschungels, sondern die Regeln des deutschen Strafvollzugs. Gesiebte Luft und ein paar Stündchen Hofgang. »Immerhin täglich Besuch von Freunden«, beschwichtigt der Reifenvetter, der sich zu den Tigerfreunden zählt.

Anderen Tieren geht es nicht besser. Der König der afrikanischen Steppe guckt in seinem Stuttgarter Exil müde aus der Wäsche. Vielleicht hat er die Hoffnung aufgegeben, eines Tages wieder den Felsenthron in der Serengeti zu besteigen. Freie Kost und Logis sind für Löwen, wenn mich nicht alles täuscht, ein schlechter Tausch gegen die Freiheit in der Wildnis. Jedenfalls haben die Hühner bei uns auf dem Hof ein größeres Revier als dieser königliche Jäger im Zoo.

»Sei nicht so ungeduldig«, sagt der Chef. »Anständige Tierhaltung ist ein verdammt anspruchsvolles Geschäft. Was die fressen, muss man vorher erwirtschaften. Folglich musst du Ansprüche manchmal zurückschrauben.«

»Oder glaubst du«, ergänzt der Vetter, »dass der Tierpfleger das Frühstück für den See-Elefanten morgens auf dem Weg zur Arbeit aus dem Neckar fischt?«

Er sagte tatsächlich »Frühstück«, nicht *Morgaassa* wie bei uns. In der Stadt schleift sich der Dialekt allmählich ab wie eine alte Pflugschar. Dort kommt es aus der Mode, zu schwätzen wie einem der Schnabel gewachsen ist. Er hört in seiner Werkstatt immer öfter die Wendung »wir Sigmaringer« statt *mir Simmeringer*. Unter diesen Umständen hat der Reifenvetter die Idee verworfen, einen Papagei anzuschaffen. Denn der vornehmere Teil der Kundschaft würde sich bestimmt pikiert abwenden, sollte zur Begrüßung ein komischer Vogel

»Hallo *Hosalottle*« oder gar »*Schofseckel*« krächzen. Wenn's ums Auto geht, verstehen die Leute keinen Spaß. Im Zoo ist das was anderes, hier ist das Publikum auf Belustigung eingestellt.

Unbestrittener Star der Wilhelma ist ein Elefant aus Sumatra mit kleinen Ohren und schwarzen Haaren auf dem Rücken namens Vilja. Es ist wie bei uns auf dem Hof: Wichtige Tiere kennt man mit Namen.

Der große Star lebt in kleinen Verhältnissen. Vilja hat kaum mehr Platz als das Speckstück in spe, das die beiden Vettern heute Morgen in unserem Sauengarten begutachtet haben.

Aber Vilja hat ein dickes Fell, reagiert nicht eingeschnappt und hat die Schwaben aus unerfindlichen Gründen in ihr großes Herz geschlossen. »Die Elefantendame ist keine Diva, die bewundert werden will«, weiß der Reifenvetter. »Eher ein Kumpel, der mit den Leuten Spaß hat.«

Wie ich sehe, besteht der Spaß des Leckermauls vor allem darin, den Besuchern mit geschickten Rüsselbewegungen etwas Essbares aus den Rippen zu leiern. Immer wieder taucht der Rüssel in Hand- und Jackentaschen, um Sekunden später Brezeln, Liebesbriefe oder Autoschlüssel als Faustpfand in die Höhe zu halten. Dieses Pfand kann anschließend der Pfleger unter dem Beifall des Publikums nur mit einer großen Futtermenge auslösen.

Auch mit dem Reifenvetter hat der Dickhäuter seinen Spaß. Aus der Brusttasche des Anzugs fischt er eine Schatulle mit Zigarren der Marke Montecristo heraus. Aber anstatt die würzigen Tabakblätter aus Havanna gegen einen Futterkorb einzutauschen, verschlingt er kurzerhand die Luxusrauchware samt der silbernen Schmuckdose.

»Meine Montecristos!«, schreit der geprellte Vetter. »Du Trickdieb, her mit den Zigarren!«

Ich glaub', mich knutscht ein Elefant. Mit dieser Aktion wird Vilja für mich zum Lieblingstier der Wilhelma. Die beiden Vettern haben mich vor einiger Zeit mit einer Montecristo reingelegt. Die Rosskur ist unvergessen. Mir wird noch nachträglich schlecht, wenn ich dran denke. Jetzt hat es ihnen der Elefant an meiner Stelle heimgezahlt. Die Schmach ist getilgt. Die Rache kam aus dem Rüssel.

Heimzu steige ich beschwingt in den Opel Kapitän und nehme auf der Rückbank Platz.

Der Reifenvetter steckt den Zündschlüssel ins Schloss, dreht den Kopf zu mir nach hinten und nimmt den Verlust seiner Montecristos sportlich: »Schade um die Zigarren. Aber für mich kein Grund, den Rüssel hängen zu lassen. Ich schätze, jetzt sind wir quitt. Komm, Hand drauf!«

KING OF THE ROAD

Der Kramer »Allesschaffer« lässt den Messerbalken runter auf blühende Wiesen. Für die Zeit des zweiten Schnitts nach dem Heu, der in unserer Sprache *Emd* heißt, ist heuer mit unbeständigem Wetter und Regengüssen zu rechnen. Auch heute hör' ich vom Bach her die hellen Melodien der Regenpfeifer. Es bleibt also wieder mal nichts anderes übrig, als das Schnittgut aufzubocken und zum Dörren auf Heinze, *Heuza*, zu schichten.

Vor lauter *Heuzamacha* ging mir ein Ereignis durch die Lappen, das seit Tagen für Gesprächsstoff im Ort sorgt: Am Rande des Mühlenweihers, wo ich vorletzten Sommer noch dem Schatz im Silbersee nachspürte, hat sich ein Spinner aus der Großstadt eingenistet. Der junge Kerl heißt Paul, kommt aus Düsseldorf und gibt sich als »Aktionskünstler« aus. Kein Mensch kann sich darunter etwas vorstellen.

Auch dem Chef fällt zum Kunst-Paule nichts ein. Er ist sich aber ziemlich sicher, dass so ein Künstler erfahrungsgemäß eine Menge Stroh frisst, bevor er seinen Durchbruch erlebt. Wenn überhaupt. Also erst mal Hungerkünstler. Andere vermuten, dass er aus Angst vor einem Atompilz über den Dächern der Metropolen verzweifelt Zuflucht in Deutschlands letztem Zipfele sucht. Ein Angsthase mit Stadtfluchtinstinkt.

Das Phantom des Mühlenweihers – ein von allen guten Geistern verlassener Großstadtmensch? Auf der Suche nach dem rettenden Ufer und festem Boden unter den Füßen?

Von einem Trampelpfad aus sehe ich, wie eine hagere Gestalt in einer hölzernen Wanne, einem *Sauzuber*, der eigentlich bei Hausschlachtungen zum Einsatz kommt, seelenruhig über den Tümpel schippert. Dabei taucht der Kerl in der grünen Anglerweste das Paddel im langsamen Walzertakt ins Wasser und bringt den Sauzuber über den Weiher, ohne Notiz von der Außenwelt zu nehmen.

»Was machst du für Sachen, Paule?«, rufe ich ihm laut zu.

»Ich atme und paddle ganz bewusst im Hier und Jetzt.«

»So-so. Wir sind hier am Mühlenweiher, nicht auf der Bregenzer Seebühne. Also, was soll das Theater?«

»Mit dem Paddel übertrage ich Schwingungen aufs Wasser und nehm achtsam Kontakt auf zu den Geschöpfen, die darin leben.«

»Und was sagen die Forellen?«

»Aus den Signalen lese ich eine Botschaft: Eine hochbetagte Dame hat hier im Wasser den Übergang in die Sphären des Himmels gesucht und den Freitod gewählt. Ihr Körper wurde damals geborgen, aber die Seele ist noch auf dem Grund des Sees gefangen. Sie kommt erst frei, um ihre Reise ins Jenseits anzutreten, wenn die Dorfbewohner Frieden schließen mit den Wasserbewohnern und das Angeln einstellen.«

»Äh, ich dachte, Fische sind stumm.«

Donnerwetter, denke ich. Da hat sich der Kunst-Paule gut umgehört im Dorf. Tatsächlich ist vor einiger Zeit ein altes *Baueraweible* ins Wasser gegangen, in Weiher *neigjugt*. Alt und krank wollte sie den Jungen nicht zur Last fallen. Der Müller hat die Tote dann rausgefischt. Aber wegen diesem Zwischenfall muss man ja nicht gleich auf die Freitagsforelle verzichten.

»Auch wenn Fische schweigen«, schallt es vom Sauzuber her, »bedeutet Schweigen keine Zustimmung. Erst recht keine Zustimmung zum Angeln.« Nebenher schöpft der Paule mit einer rostigen Konservendose Wasser aus dem Seelenverkäufer. »Deshalb ist es meine künstlerische Mission, als Sprachrohr der Fische aufzutreten und den achtsamen Umgang mit den Wassergeschöpfen zu fordern.«

»Schon gut. Aber warum der *Zinnober* mit dem Zuber?«

»In der Abgeschiedenheit des Hinterlandes bereite ich eine spektakuläre Kunstaktion am Bodensee vor.«

Dabei geht er an Land und zeigt auf sein Zelt: »Hier hab' ich mein Trainingslager aufgeschlagen.«

Das Trainingscamp besteht aus einem hinter einer Böschung abgestellten Renault R 4 mit einem einachsigen Bootsanhänger, einem kleinen Zelt und einem

Regiestuhl mit dem Namen Paul auf der Rückenlehne. Im Renault sitzt und schläft ein ausgestopfter Hase als Maskottchen. Als ich an einem Bäumchen ein angeknackstes Kruzifix entdecke, geht mir ein Licht auf. Hase, Heiland und Holzzuber sind kürzlich bei der Entrümpelungsaktion auf dem Rüsselhof im Kachelloch gelandet. Auf der wilden Müllkippe hat der Paule seinen ganz eigenen Kunstschatz im Silbersee entdeckt und die drei Gegenstände »gerettet«, wie er sagt.

»Kunst bedeutet nicht immer, etwas Neues zu schaffen«, erklärt er vom Regiestuhl aus. »Manchmal ist es eine größere Kunst, Altes und Ausgedientes umzuwidmen und mit einer neuen Bedeutung aufzuladen. Mit meinen Aktionen setze ich Zeichen gegen achtloses Wegwerfen und sinnlosen Überfluss!«

»Hm-hm«, antworte ich dem Verzichts-Propheten. »Wir sind ein Dorf mit 50 Milchbauern und zwei Imkern. Also von mir aus ein Ort, wo Milch und Honig fließen. Die Landwirtschaft ist im Aufwind, ein steigender Drachen. Sagt der Hirschenwirt. Aber sinnloser Überfluss? Das siehst du vielleicht in Konstanz oder Überlingen, aber überhaupt nicht bei uns.«

»Eine Welt ohne Überfluss – du sprichst mir aus der Seele. Das ist ja das Schöne am Landleben!« Der Überschwang romantischer Gefühle reißt ihn aus dem Regiestuhl. Ganz bewusst schöpft er Atem aus der unverbrauchten Landluft. »Das verbindet uns Aktionskünstler ja gerade mit den Bauern. Ja, mehr noch: Bauern sind heutzutage die wahren Künstler!«

»Hä? Das wüsst' ich aber.«

»Nimm als Beispiel den Wünschelrutengänger.«

»Na ja«, wiegle ich ab. »Nicht gerade ein typischer

Vertreter unserer Landbevölkerung, aber ich kenn' ein oder zwei im kleinen Tal bachabwärts hinter der Mühle.«

Der Paule lässt sich davon nicht beirren. »Läuft ein Landmann mit tastenden Schritten über eine Wiese, beseelt vom Wunsch, dass ihm die zitternde Rute verborgenes Wasser zeigt, dann kommt seine künstlerische Ader zum Vorschein.«

Er lässt mir keine Sekunde Zeit, das erst mal sacken zu lassen. Ohne Punkt und Komma redet er weiter. »In der Wünschelrute treffen sich Kunst und Poesie:

Schläft ein Lied in allen Dingen
die da träumen fort und fort,
und die Welt hebt an zu singen,
triffst du nur das Zauberwort.«

»Das Zauberwort heißt Nabenhauer«, sag' ich schnell. »Wenn mit dem Wasser was nicht stimmt, dann pfeift der Chef nicht nach dem Spürhund mit der magischen Rute, sondern bestellt den Nabenhauer.«

»Wer ist denn dieser Nabenhauer?«

»Der Klempnermeister aus Messkirch.«

Doch so leicht lässt sich der Kunst-Paule seine schöne Vorstellung von den Bauern als Aktionskünstler nicht abklemmen. Und in uns Bauernkindern sieht er Nachwuchskünstler.

»Ihr seid die bunten Pferde aus dem Land, das lange zögert, eh es untergeht.«

Aha. Wir sind also die bunten Pferde. Hier in den Hügeln hinterm Bodensee liegt das Land, das lange zögert. Wird es untergehen? Wo zum Teufel nimmt der Bursche bloß die schönen Wörter her?

»Eine Wiese voller Heinzen – und was siehst du? Aus der Kuhperspektive nichts als ein Haufen Winterfutter. Aus der Kunstperspektive siehst du indes einen traumhaften Skulpturenpark, ein Meisterwerk der Agri-Kultur. Und wenn der Wind pfeift, flöten die Heinzen ein Lied.«

Da ich erst gar nicht versuche, seinen Redefluss zu unterbrechen, kommt er so richtig in Fahrt. »Berühmte Künstler – die Namen werden dir nichts sagen – haben Heuschober gemalt. Die Bilder hängen im Louvre in Paris und sind unbezahlbar, aber das Landvolk schaut in die Röhre. Als Aktionskünstler stell’ ich das radikal infrage. Man müsste Bauern beauftragen, ihre Heu-Skulpturen im Museum aufzustellen. Die Heinzen sind die Originale, die Gemälde nur der Abklatsch.«

»*Heuza macha*«, halte ich dagegen, »ist in erster Linie eine schweißtreibende Arbeit. Weiß ich aus Erfahrung. In unseren *Heuza* schläft kein Lied, sondern steckt Arbeit.«

»Aus dir spricht das bäuerliche Gemüt, mein Freund«, tupft er mein Argument wie einen Schweißtropfen auf. »Bei der Gestaltung von Heinzen steht nicht der Schweiß im Vordergrund, sondern die Kunst. 1% Transpiration, 99% Inspiration.«

»Was findest du denn so in-spi-rie-rend?«

»Bei fortschreitender Dämmerung nehmen Heinzen die Silhouette von Indianerzelten an. Und der Mühlenweiher leuchtet silbern am Rande der Wiesen, in denen die Apachen ihre Wigwams aufgestellt haben.«

»Nein, nein«, wende ich ein. »Die Apachen würden einen großen Bogen reiten um unser Dorf, wo es kühl und regnerisch ist. Der milde Bodensee wär’ ein besseres Ziel.«

»Du irrst dich, mein Freund«, schießt der Künstler den nächsten Giftpfeil ab. »Winnetous Stamm hat die Nase voll von Regentänzen für den großen Manitou. Hier in deinem Dorf regnet es so oder so. Ganz ohne Tänze.«

»Stimmt nicht so ganz. Bei uns pfeifen die Regenpfeifer mit fröhlichem Zwitschern den Regen herbei.«

Damit sind für den Paule die letzten Zweifel ausgeräumt. »Hier wäre das Apachen-Paradies.«

»Paradies? Vielleicht ist da was dran«, räume ich ein. Immerhin deutet der Zischlaut im Ortsnamen *Ranga-tsch-weiler* auf die Existenz der Schlange hin. Demnach liegt Engelswies am Eingang zum Paradies. Bewacht von einem Engel auf der Wiese, vom Cherub mit dem Flammenschwert. Konstanz grenzt an den Garten Eden, das Paradies liegt aber außerhalb der Stadtmauer. Seit dem Fall Hus, einer *Mordskomede*, bei der man sich den lästigen Reformer mit Feuereifer vom Hals geschafft hat, gilt Konstanz als der Ort, an dem Kain seinen Bruder Abel erschlagen hat.

»Was hat es mit deiner Kunstaktion am Bodensee auf sich, die du als spektakulärste Inszenierung seit dem brennenden Scheiterhaufen beim Konstanzer Konzil angekündigt hast?«

Bevor er antwortet, holt der Kunst-Paule den ausgestopften Feldhasen aus dem R 4 – ein Fahrzeug für Rebellen – und stellt ihn vor sich hin.

»Das große Wort führen kann jeder, aber die meisten Leute können einfach nicht zuhören. Am besten hören die Hasen zu«, sagt der Paule. »Die haben die größeren Löffel.«

»Aha.«

»Ja, der Auftritt des Hasen ist der springende Punkt bei der Vorbereitung einer Aktion. Davon hängt ab, ob die Sache durch die Decke schießt oder ein Schlag ins Wasser wird.«

»Ich wusste gar nicht, dass auch Künstler Versuchskaninchen einsetzen.«

»Den Hinweis mit dem unbedenklichen Tierversuch verdanke ich Joseph Beuys, meinem Kunstprofessor an der Hochschule in Düsseldorf. Erklär dein Kunstwerk einem toten Hasen, lehrt Beuys. Wenn der es versteht, kapieren es alle. Selbst die dümmsten Bauern.«

So kommt es, dass ein ausgestopfter Feldhase und ein dummer Bauernbub über das Zünden eines kreativen Feuerwerks am Bodensee vorab ins Bild gesetzt werden.

Der Kunst-Paule wird sich im Konstanzer Hafen auf eine Mauer stellen, von einer friedlichen Welt träumen, das Megafon vor den Mund halten und anheben zu reden. Eine Unterstützergruppe wird extra aus Düsseldorf anreisen, um während seines Aufrufs Flugblätter im Publikum zu verteilen. Außerdem wird ein Super-8-Film gedreht, der später im großen Auditorium der Hochschule unter den aufmunternden Blicken von Professor Beuys gezeigt werden soll. Der Südkurier will einen Fotografen schicken, weiß aber nicht im Voraus, ob er seine Leser mit Bildern von einer solchen Chaostruppe verschrecken soll.

Der Paule probt seinen flammenden Vortrag und liest dabei von einem Flugblatt ab, das er bereits in Düsseldorf aus einem Matrizendrucker genudelt hat, aber immer noch nach Spiritus stinkt. Der ausgestopfte Hase und ich, *mir zwoi losed,* wir beide stellen unsere Löffel auf.

FRIEDEN FÜR MENSCH UND TIER –
DAS VEGETARISCHE MANIFEST

*Ein Gespenst geht um am Bodensee, das Gespenst
der Körnerfresser.
Wir haben das Lied der Felchen gehört und die
Klage aus der Tiefe des Sees verstanden. Wir sind die
Avantgarde der ausgebeuteten Schwärme. Wir erhe-
ben die Stimme für die Stummen und stellen umwäl-
zende Forderungen:
Totales Fangverbot für Bodensee-Felchen: Angelt
die Touristen mit was anderem! Bildungsreisen
auf die Reichenau: Alle Schulausflüge ab sofort auf
die Salatinsel! Schluss mit den Hausschlachtungen:
Schweinezuber zu Kunstwerken!
Vegetarier aller Länder, vereinigt euch!*

»Die Sache mit den Vegetariern hätte dir früher einfallen
können«, träumt anscheinend der Hase, »dann würde
ich jetzt nicht ausgestopft vor dir sitzen.«

Auch der Chef wäre nicht restlos begeistert, denke
ich. Ohne Hausschlachtungen wäre sein schöner
Nebenerwerb als Fleischbeschauer futsch. Ganz zu
schweigen vom Gitschier aus Engelswies, bei dem die
Nachfrage nach Fleischwölfen wegbrechen müsste.

»Um meinen Forderungen Nachdruck zu verleihen«,
sagt der Paule mit erhobener Faust, »muss eine künstlerische Aktion her, etwas Unerhörtes, eine Provokation.
Würste gehören nicht auf den Grill, sondern auf den
Scheiterhaufen – und die nicht reumütigen Wurstfresser
gleich mit. Ich werde den Bodensee bei Allensbach im
Schweinezuber überqueren und auf der Insel Reiche-

nau an Land gehen. Der Zuber wird zu einem Vehikel der Kunst, zum schwimmenden Veto gegen Tierquälerei. Anschließend wird die Salatinsel zur fleischfreien Zone ausgerufen. Als Zeichen einer neuen Ära werden 66 Schweinsblasen ...«

»... *Saublotera*«, unterbreche ich ihn. »Schweinsblasen heißen bei uns *Saublotera* ...«

»... also 66 heliumgefüllte Schweinsblasen wie kleine Zeppeline in den Himmel über dem Bodensee geschickt. Alle schlachtreifen Schweine werden begnadigt. Und endlich wird die Welt wissen, weshalb der Bodensee an dieser Stelle Gnadensee heißt.«

Jetzt bleibt mir nur noch, dem Paule zu helfen, den zum Kunstwerk beförderten Sauzuber auf den Bootsanhänger zu hieven. »Willst du dich anschließend als Künstler am Bodensee niederlassen?«

»Nee-nee. Bauern haben stets das Sesshafte im Sinn. Wir Künstler haben dagegen eine Nomadenseele und wollen weiterziehen.«

»Wo willst du hin?«

»Nach Amerika. Auf der Route 66 von Chicago über Springfield nach Los Angeles. Mit einem alten Amischlitten und 50 Cent in der Tasche. Ich bin ein Mann ohne Geld und Güter. Ich bin der König der Straße.«

Dazu trommelt er mit der flachen Hand auf den Sauzuber und hebt an zu singen: »I'm a man of means by no means – king of the road.«

»Und wirst du eines Tages zurückkommen, um zu sehen, was aus dem Fangverbot für Felchen geworden ist?«

»Zum Teufel mit dem Bodensee – ich will nach San Francisco!«

Der Kunst-Paule ist ein schräger Vogel, denke ich. Aber komplett fehl am Platz ist er bei uns nicht. Auch die Regenpfeifer sind schließlich Zugvögel.

Jasmin Seidel
Lost Places am Bodensee
Bildband
192 Seiten
28 x 22 cm, Hardcover
ISBN 978-3-8392-0278-4
€ 24,00 [D] / € 24,70 [A]

Geheimnisvoll, unheimlich, verlassen und vergessen, das sind Lost
Places, zu Deutsch »vergessene Orte«: Fabriken, Hofgüter, Bahnhöfe,
Schießstände und Badeanstalten mitten im Wald. Sie sind dem Verfall
preisgegeben. Bäume wachsen aus den Gebäuden und Kletterpflanzen
suchen sich ihren Weg entlang der maroden Fassaden. Man kann beo-
bachten wie sich die Natur ihr Refugium zurückerobert. Jasmin Seidel
nimmt Sie ein weiteres Mal mit auf ihre Reise zu den Lost Places, eine
Welt, die geheimnisvoll und unheimlich, aber in ihrer Abgeschiedenheit auch wunderschön ist.

GMEINER KULTUR

WWW.GMEINER-VERLAG.DE
Mensch, Kultur, Region